ハヤカワ文庫JA
〈JA1249〉

あまいゆびさき

宮木あや子

早川書房
7865

あまいゆびさき

1話

シロツメクサ、というお花は可愛《かわい》くて綺麗《きれい》だけど、少し怖い。花びらは人の爪《つめ》を切り取った形に似ている。花はその爪を丸く纏《まと》めたみたいだ。

そう気付いたのは、初めて自分で爪を切ったときだった。白い薔薇《ばら》の花はお菓子みたいで、食べたら舌の上で甘く溶けそうなのに、シロツメクサの花はきっと甘くない。花びらは硬くて、切り取られた爪の持ち主が捨てた思い出の味がするのではないかと思う。思い出は甘いばかりじゃない。苦かったり辛《から》かったり、きっと血の味がしたりする。やがて爪の持ち主が死んだとき、花も枯れるのだ。

幼稚園の年長さんの、春から秋へ向かうひとつの季節。私はシロツメクサの花冠《はなかんむり》を、団地の隅《すみ》にある空き地で毎日作っていた。照乃《あきの》ちゃんと一緒に。

照乃ちゃんのほうが手先が器用で、彼女が作ったものは白い花に隙間《すきま》なく、しかも綺麗な円形で、頭に乗せたときそれは本物の冠に見えた。私が作ったものは反対に、隙間だらけで、頭の周囲を考えずに作るので、ときどきそれは花冠ではなく首飾りになってしまう。

真淳《まじゅん》ちゃんはヘタクソ。

照乃ちゃんは頭に乗っからず、肩まで落ちてしまった私の花冠を見て笑うのだった。

シロツメクサの空き地の側《そば》に建つ四号棟に、照乃ちゃんは住んでいた。空き地からかなり離れた二十五号棟に住んでいた私は、その地域のほとんどの子が通う幼稚園の子で、照乃ちゃんは同じ園にいなかったので、おそらく保育園の子だろうと思っていた。

照乃ちゃんと私の出会いは、運命だった。

普通ならば交流はないし、私と照乃ちゃんは出会うこともなかっただろう。しかしあるとき団地の中央に位置する一番大きな公園でひとり遊んでいた私は、ブランコから脚を滑《すべ》らせて地面に叩《たた》きつけられ、頭から大出血しながら地べたに這《は》い蹲《つくば》って呻《うめ》いていた。そこに、やはりひとりで公園に遊びに来たらしい照乃ちゃんが駆けてきて、自分の家へ連れて行って手当てしてくれたのだ。

照乃ちゃんのおうちには、そのとき誰もいなかった。

だいじょうぶ？　おうち何号棟？

小学校にあがるかあがらないかという年齢とは思えないほどてきぱきと手当てを施《ほどこ》しながら、照乃ちゃんは尋《たず》ねた。

二十五号棟。

自分の家よりもはるかに狭い、雑然とした部屋の知らない間取りに戸惑う余裕もなく、痛みを堪《こら》えながら私は答える。

遠いね。保育園、どこ？

保育園じゃない。ひばり幼稚園。

そのとき、照乃ちゃんの顔に影がかかった。子ども心にもその不穏な青さは刻み込まれた。初めてこの部屋が異様にくさいことに気付く。息を止めて周りを見渡すと部屋のそこかしこに、ゴミ袋が積んであった。

手当てしても止まらない血に苛立《いらだ》ったのか、照乃ちゃんは私の手を取り、家を出て二十号棟のあたりまで送ってくれた。歩くたびに頭がずきずきと痛んだ。

名前、なに？

照乃ちゃんの名前は、玄関の表札に出ていたので判《わか》っていた。

白川真淳《しらかわ》。

私は答えた。

真淳ちゃん、またね。

別れたあとひとりでよろよろと家に帰った。母親は大騒ぎして、即刻私を病院に連れて行った。このとき頭を四針縫《はりぬ》ったのだが、傷口のハゲはいつまで経《た》っても消えなかった。

お母さんは、私に「十号棟より向こうの子とは遊んじゃだめ」と、照乃ちゃんと遊ぶことを禁じようとしていた。団地中央の公園ではなく、二十五号棟に近い南の公園で遊ぶよう言った。

でも私は中央の公園のブランコが好きだった。病院で縫ってもらってから四日後くらい、頭にネットを被《かぶ》って、母の目を盗み、私は懲《こ》りもせずに中央の公園へ遊びにいった。そこにはひとり、砂場で遊ぶ照乃ちゃんの姿があった。この前と同じ、黄色いスカートを穿《は》いて薄いピンクのTシャツを着ていたので、すぐに判った。

「治ったんだ、真淳ちゃん」

私が近寄ってゆくと、照乃ちゃんは砂だらけの顔をくしゃっとして笑った。背中まで伸びている髪《かみ》の毛も砂まみれだ。

「うん。ありがと」

「照乃もあるよ、ブランコから落ちたこと」

「頭縫った？」

「ううん。空中でくるって回ってちゃんと立ったの」

「……うそぉ」

「ほんとだもん！」

「うそだぁ、じゃあ今、真淳の前でやってよ」

「良いよ。照乃ができたら、真淳ちゃん、照乃にチョコちょうだいよ」

照乃ちゃんは砂場から立ちあがり、勢い良くブランコのほうへ駆けていった。ブランコで遊んでいたほかの子どもたちは、照乃ちゃんの姿を見て、逃げるようにしていなくなってしまう。

照乃ちゃんは我関せずといった表情でブランコの上に立ち、膝《ひざ》を屈伸させぐんぐんと高さをあげてゆく。私が絶対に到達できないであろう高さまで、ブランコは振りあがった。

ぎっこぎっこと激しく金属の擦《こす》れる音が怖くなって、私は叫んだ。

「照乃ちゃん、もう良いよ！」

「だめ、ちゃんと見てて！」

笑いながら答え、次の瞬間、照乃ちゃんは鎖《くさり》から手を離した。

目を瞑《つぶ》りたかったのだけど、瞑れなかった。

鳥のように、天使のように、白っぽい曇り空の下、照乃ちゃんは鮮やかな黄色いスカートをはためかせ、放物線を描きながら、本当に空中で一回転した。そしてブランコを囲う柵《さく》の外側に猫のように着地したのだ。

「……うぅぅ」

安堵からなのか恐怖からなのか、私は自分が飛んだわけでもないのに泣いてしまった。

「ほらね、できたでしょ。チョコちょうだい」

手を差し出した相手が鼻水垂らしながら泣いていることなどお構いなしに、照乃ちゃんは私の手を摑《つか》んだ。そして、団地の外にある駄菓子屋へと引っ張っていった。

生まれて初めて、万引きをした。

今思えば店のおじさんは私たちの万引きに気付いていたけれど、何も言わなかっただけだろう。

私が汗ばんで冷たくなった手で小さなチョコを摑みスカートのポケットに押し込むと、再び照乃ちゃんは私の手を引いて走り出した。そしてシロツメクサの空き地へと連れて行った。それまで、この団地の中にそんな場所があることを知らなかった。

団地の隅にある空き地には立ち入り禁止のフェンスが立っていたが、子どもの心と足はそんなものを容易に乗り越える。スカートの中を丸見えにしながら、照乃ちゃんは柔かそうな足でフェンスをよじ登る。

「真淳ちゃんも早く」

ダイヤの網目の向こうに降り立った照乃ちゃんは私を急かした。フェンスの向こうは雪原のように、眩《まぶ》しいほどのシロツメクサが群生していた。

「すごい、天国のお花畑みたい」

それまで重く圧し掛かっていた「親に言えないような悪いことをした」という罪悪感も忘れ、私は一面のシロツメクサに溜息《ためいき》をついた。

「天国なんてないよ。あるのは地獄だけ」

照乃ちゃんはしゃがみ込んで、シロツメクサを根っこから毟《むし》り取りながら言った。

「えぇー？」

「って、ママが言ってた」

なんと答えれば良いか判らなかったので、私は無言で照乃ちゃんの前にしゃがみ込んだ。シロツメクサに混じってびんぼうぐさも生えていたが、当時はびんぼうぐさという名前は知らなかった。はるじょおん、と呼んでいた気がする。はるじょおんは、花冠を作るには茎が太すぎた。

「ねえ真淳ちゃん、シロツメクサの冠作れる?」

私は首を横に振る。

「教えてあげる。だからいっぱいシロツメクサを摘《つ》んで」

「判った。あ、チョコ」

ポケットの中に入っている罪は、気付けばその重量以上に私の心を圧迫していた。慌《あわ》ててポケットから小さなチョコレートを取り出し、照乃ちゃんに差し出す。照乃ちゃんは罪悪感の欠片《かけら》もない顔でにっこりと笑って受け取ると、すぐに包みを剝《は》がして口に放り込んだ。

「イチゴ味だ」

それは罪の味、と判っていても、甘い匂《にお》いにつられて口の中に唾液《だえき》が滲《にじ》む、小さな舌の覗《のぞ》く照乃ちゃんの唇を凝視していたらしく、気付いた照乃ちゃんは私に「食べたい?」と尋ねた。

「うん」

「じゃ、ベロ出して」

え、と私は戸惑った。まごまごしていると、照乃ちゃんは焦《じ》れたように「早くしないと溶けてなくなっちゃう」と急《せ》かす。

なんだか、これはやってはいけないことのような気がした。けれど何がどういけないのか、説明できなかった。私は諦《あきら》めて、そして少しの期待を込めて、口を開けて舌を出した。

照乃ちゃんは顔を近付けてきて、自分の舌を、私の舌に擦り付けた。イチゴチョコの味がする舌を、何度も何度も。ぬるぬるとした感触が、イチゴよりもチョコよりも甘かった。

「……美味《おい》しい？」

顔が離れたあと、訊《き》かれた言葉にどう答えようか、悩んだ。正直なところチョコレートの味など忘れていた。

「う、うん」

手をつないだりするのと同じことだと、自分に言い聞かせようとしたが、子ども心にもそれが今の行為とはまったく異なるものだと判る。

「あーあ。チョコなくなっちゃった」

残念そうに照乃ちゃんは溜息をつき、シロツメクサを毟ることに再び没頭し始めた。

罪の重さはより増した。しかしその重さすら甘かった。

幼稚園の終わったすぐあとの時間に、どうして保育園の子どもである照乃ちゃんが、公園に来られるのだろう。

チョコレートを特殊なやり方で分けてもらった夜、照乃ちゃんの顔を思い返していたらふと思いついた疑問を、寝る前、うさぎの絵本を読んでくれていたお母さんに訊いてみた。

「照乃ちゃん？」

「四号棟の、真淳と同い年なの」

「向こうの子と遊んじゃダメってお母さん何度も言ったよね？」

「だって……」

眉《まゆ》の端を吊《つ》りあげるお母さんの言う「向こうの子」は、号棟数が十以下の建物に住む子どものことだ。彼らは概《おおむ》ね幼稚園ではなく保育園に通っている。

保育園は遅い時間まで園で遊んでいられる場所らしい。おやつが出たり、お昼寝の時間があったり、子どもの楽園みたいな場所だと聞いたことがあった。だから私は幼稚園に入ったころ、何度も「保育園に行きたい」と言ってお母さんを困らせた。お母さんが保育園の子どもとその親を嫌っていたのは明らかだったのに。

その夜、寝付いたあと、遅くに帰宅したお父さんと言い争うお母さんの金切り声で起こされた。扉を開けて見にゆく勇気も出ないほどの剣幕だった。

「だから私は団地なんかイヤだって言ったのに！」

「じゃあローン組んで家買えって？　君がパートに出れば買えるかもしれないけど今の俺の収入じゃムリなことくらい判るだろう？」

「私は真淳が高校生になるまでは絶対に働きません！」

「じゃあ我慢しろよ、うちは社宅があるだけ恵まれてるんだぞ」

「公団と一緒の団地だって知ってたらほかの方法を考えたわよ！　イヤなのよ、真淳があっちの子どもと仲良くなるなんて！　しかも照乃ちゃんって子、片親よ。保育園にもまともに行ってないのよ!?」

「いい加減にしろよ、君のそういう差別的なところこそ真淳に悪影響を及ぼすと思わないのか!?」

当時の私には、半分以上意味の判らないやりとりだった。けれど、お母さんが照乃ちゃんの存在を知っていたことだけは確かだ。もしくは、私が照乃ちゃんのことを喋《しゃべ》ったあと、調べたか。私は布団を被って、両親の言い争いを遮断した。

お母さんやお父さんを困らせるつもりはない。けれど、私は照乃ちゃんとどうしても遊びたかった。ひとりっこなうえ、母親が過保護なせいか、私は幼稚園に入ったころからぼーっとした子どもだった。活発な子どもが多い中、逆あがりができずかけっこものろまな私には、とりわけ仲の良い友達がいなかった。のちに考えれば、親の影響も大きかったと思う。この団地内で借りあげ社宅として使われていたのは二十号棟〜二十五号棟で、それぞれ違う会社の社宅だった。母親は非常に選民思想の強い人だった。父の役職よりも下の人の子どもと遊ぶことも嫌がったし、ほかの会社、特に父の勤務する会社よりも小さな企業に勤める人の子どもとも話をさせてもらえなかった。幼稚園の、一戸建てに住む子どもだけを私の遊び相手として許していたが、地域的にそんな子は数えるほどしかいなかったし、何よりも家が遠くて遊びにいけなかった。

お母さんは照乃ちゃんと遊ぶことを許してくれない。でも、私は遊びたい。

——お母さんなんて嫌い。

それがたぶん、私の初めての自我だった。

シロツメクサが永遠に咲いていれば、私は永遠に照乃ちゃんと遊んでいられる。冠を作る照乃ちゃんの指先をずっと見ていられる。

その夜から三日ほど、私は母親の監視の目から逃れられなかった。幼稚園から帰ってきたらそれ以降は外に出られない。ただ、三日もおとなしくしていたら母親の不快感も薄れたらしく、「お外に行きたいな」と萎《しお》れた声で言えば「公園の向こうには行っちゃだめだからね」という条件付きで外に出させてもらえた。勿論私は、照乃ちゃんがいないだろうかと中央の公園へ行った。

照乃ちゃんはひとり、砂場で遊んでいた。私は嬉《うれ》しくなってその背中に声をかける。

「照乃ちゃん」

「真淳ちゃん」

振り向いた照乃ちゃんは、左の頬《ほお》が腫《は》れあがっていた。

「……ほっぺ、どうしたの？」

「勝手にチョコ食べたことがバレてママに怒られたの」

ポケットに、チョコの包み紙を入れっぱなしにしていたのがバレたのだという。私は親に叩かれたことがなかったので、胸が痛くなるほど驚いた。

「チョコ、食べちゃだめなの？」

「うん。チョコはデブになるからダメなんだって」

「好きなのに」

「うん。大好き、チョコ」

大好き、という照乃ちゃんの言葉が私に対してではないことに苛立ち、その言葉が欲しすぎてくらくらする。照乃ちゃんの黒くて大きな目も、象牙《ぞうげ》色《いろ》の肌も、背中に波打つ長い髪の毛も、フェンスをよじ登る裸足《はだし》の足首も私は大好きなのに、照乃ちゃんの好きなものは私ではなくチョコ。

照乃ちゃんは私の手を引いて、シロツメクサの空き地へ向かった。あれだけ照乃ちゃんが毟っても、シロツメクサは尽きない。花畑の中に座り込んで、照乃ちゃんは早速《さっそく》新たな花を毟り始める。茎を束ねて花冠を作り始める。

「これが本当のお姫さまの冠なら良いのにね」

「うん」

照乃ちゃんの顔を見つめながら花を毟る私のスカートのポケットの中には、家にあったお菓子のアソート缶から持ち出してきた一粒のチョコレートが入っていた。喉《のど》がじんと痛くなるほど甘いヌガーが入っているやつだ。

「照乃ちゃん、これ」

ポケットから少し柔かくなったチョコレートを取り出し、私は照乃ちゃんの前に差し出した。照乃ちゃんの顔はぱっと華やぐ。その様子に私も嬉しくなった。

「外国のチョコなんだって」

「外国？　アメリカ？　ハワイ？」

「ううん、ベルギーって言ってた」

「そんな国知らない」

と言いつつも照乃ちゃんは私の手からチョコレートを奪うと、躊躇《ちゅうちょ》なく包みを剝いて口の中に入れた。最初は慣れない味に難しい顔をしていた照乃ちゃんは、おそらく外側のチョコレートが溶けたであろうころ、「甘い」と言って満面の笑みを見せてくれた。

「……美味しい？」

「うん、ほら」

照乃ちゃんは私に向かって小さな舌を突き出した。私はどきどきしながらも望んでいた行為に有頂天になり、照乃ちゃんの舌に自分の舌の先を滑らせた。照乃ちゃんは私の肩を摑み、ぐいぐいと舌を擦り付けてくる。甘くて、木の実の匂いと照乃ちゃんの唾の味がした。

私がその行為に恍惚《こうこつ》としていると、照乃ちゃんは私の胸に手を滑らせ、ある一点を指で強く押した。今まで感じたことのない刺激におかしな声が出た。

「あっ、照乃ちゃん、なに？」

「こうすると気持ち良いんだよ。おっぱいを弄るの」

私の遠慮がちな抵抗など気にもせず、照乃ちゃんはぺたんこな胸の小さな乳首に指を押し付ける。

「やっ、あんっ！」

「ね？　気持ち良いでしょ？」

気持ち良いのかくすぐったいのかなんなのか、そのときの私には判らなかった。けれど、照乃ちゃんの手が離れそうになるたびに、やめないでと願った。

私が息を荒くしていると、願いに反して照乃ちゃんは手を離した。そして自分の着ているTシャツのよれよれになった襟首《えりくび》を引っ張り、桜貝色の乳首を露《あらわ》にして言った。

「ねえ、照乃にもして」

「う、うん」

自分でも喉が鳴ったのが判った。私はその小さな突起におずおずと手を伸ばし、指先で触れた。そこは柔かくて、ふにゃりと指の下で潰《つぶ》れる。

「真淳ちゃん、指冷たいね」

うふふ、とくぐもった笑い声をあげ、照乃ちゃんは身体を仰《の》け反《ぞ》らせた。滑《なめ》らかな象牙色の喉元が目に痛い。

舌を絡めながら乳首を弄《いじ》られているうちに脚の間がじんじんしてオシッコがしたくなってきた。

「照乃ちゃん、オシッコ出る」

照乃ちゃんの身体を押しのけ、私は訴えた。

「しちゃいなよ。照乃しか見てないから」

私は少しだけ迷ったあと、スカートをたくしあげてパンツをおろした。

「照乃ちゃんも見ないで」

「えー、じゃあ照乃もオシッコする。なら良いでしょ？」

そう言って照乃ちゃんは自分もパンツをおろし、私の隣にしゃがみ込んだ。

二本の細い放出に、毟られた痕《あと》の、緑色だけになったシロツメクサの残骸《ざんがい》が濡《ぬ》れてゆく。それをぼんやりと眺めながらも、まだ胸のあたりがじんじんと疼《うず》いていた。

——きっとこれは、万引きよりもやってはいけないことなんだ。

ティッシュなどなかったが、照乃ちゃんは躊躇なくパンツをあげ、まだ花の咲いている場所へと移動する。私は少し躊躇《ためら》った。きっとこのままパンツをあげたら気持ち悪い。でも拭《ふ》くものがない。仕方なく少しだけたるませてパンツを穿いた。

その冷たさを、だいぶ長いこと憶えていた。

照乃ちゃんが好き。照乃ちゃんを喜ばせたい。そして照乃ちゃんと気持ち良いことをしたい。

やってはいけないことを照乃ちゃんに教えられた日から私は、チョコレートのアソート缶から一粒ずつチョコレートを盗み出し、毎日照乃ちゃんに渡すようになった。しかしそんな小さな窃盗《せっとう》はすぐにばれる。盗み食いをしているのだと思われ、数日後、缶を隠された。

だから、私はあの駄菓子屋で万引きをするようになった。店の奥にいるおじさんは何も言わなかった。

照乃ちゃんはチョコレートを持っていくととても喜んでくれるので、私も嬉しい。ひとつのチョコレートをふたりで分け合い、指先で互いの身体をなぞる。気持ち良いことをしたあとは、シロツメクサの花冠を作る。私のはいつまで経っても不格好で、照乃ちゃんはそれを見て「真淳ちゃんはヘタクソ」と笑うのだ。

腕輪も作った。首飾りも作った。照乃ちゃんが家のレースのカーテンを切り取って持ってきて、それを被りふたりで花嫁さんごっこもした。花の茎で小さな指輪を作り、贈りあった。

チョコレートと、気持ち良いこと。

どうしてこんな気持ちの良いことを、大人は秘密にしているのだろう。

人の物を盗んではいけません。デパートでは大声を出しちゃいけません。おばあちゃんの前では泣いてはいけません。

お母さんは私に「やってはいけないこと」をいつも言いつける。私はそれまで人の物を盗んだことがないし（万引きは「人の物」ではなく「お店の物」だし）、デパートで大声を出したこともないし、おばあちゃんの前で泣いたこともない。でも、この本能で「やってはいけないこと」だと判る、私と照乃ちゃんの秘密に関して、お母さんは何も言わない。

どうして、隠しているの。ひとこと言葉にしてくれれば、漠然とした「いけないこと」が「正しいこと」もしくは「本当にダメなこと」のどちらなのかが判るのに。

しかし、シロツメクサの季節が終わるころ、私と照乃ちゃんの秘密も、終わった。

照乃ちゃんと遊んで家に帰ると、お母さんが怖い顔をして「そこに座りなさい」と言った。私は指差されたリビングの椅子《いす》に座る。

「真淳、お母さんに隠していることがあるわよね」

私は身体を強張《こわば》らせ、頭の中でお母さんに隠しているすべてのことを思い返す。十号棟より向こうへ行ってはいけないと言われているのに行っていること。照乃ちゃんと遊んじゃいけないと言われたのに遊んでいること。照乃ちゃんとの秘密のこと。

「ごめんなさい……」

小さな声で謝った私を、お母さんは腕を摑んで椅子の上から引き摺《ず》り下ろした。

「やっ、痛い、ごめんなさいごめんなさいごめんなさい」

お母さんは私の着ている服のポケットに手を突っ込み、今日照乃ちゃんと分け合ったチョコレートの包み紙を取り出した。

「……どうしたの、これ」

目の前にその包み紙を突き出され、私は何も言えない。

「ねえ、どうしたのよ、これ！」

「……だって」

「だって、なに！」

「お母さんが、チョコの缶隠すから……」

言い終わる前に左の頰に鋭く重い衝撃を受け、私の身体は壁際のサイドボードまで吹っ飛んだ。上に置いてあったオルゴール時計が落ちてきて頭を直撃し、まだ塞《ふさ》がりきっていなかった頭の傷が開いた。額に血が垂れてくる。

お母さんの怒りはそんな私の姿を見ても、おさまらなかった。蹲《うずくま》る私の襟元を掴み、鬼のような形相で再び頬を引っ叩《ぱた》く。

「ねえ、お母さんがなんて言われたか判る？　まみちゃんのお母さんになんて言われたか判る？」

まみちゃんは同じ棟に住む、私よりもふたつ年上の女の子だ。でもまみちゃんのお父さんは私のお父さんよりも偉《えら》くないので、お母さんは遊んではいけないと言う。

「あんたが万引きしたところ見られたのよ、まみちゃんのお母さんに。『お菓子も買ってあげられないくらい家計が苦しいんですか』って笑いながら言われたのよ、どんだけあたしが悔しかったか判る？　判んないんでしょうね、あたしがどんな思いしてここに住んでるかなんて、子どもには判らないでしょうね、この恥《はじ》さらし！　あんたなんかベランダから落ちて死ねばいい！」

恐怖のあまり声も出なかった。泣くことすらできなかった。お母さんは石のように動かない私の腕を引っ張り、窓のほうまで引き摺ってゆく。そして窓を開け、ベランダへと押し出した。ここは四階だ。

「ほら、飛び降りなさいよ」

「……」

「早く！　あんたなんか早く死ね！」

身体中がガクガクと震え、動けなかった。そして異常なほど鼓動が激しかった。息ができない。お母さんの怒鳴り声の中、目の前が真っ青になる。

「早く！　消えろ！」


気付いたら病院のベッドの上だった。首と頬と頭が痛かった。肘《ひじ》と膝をひどく擦《す》り剥《む》いたらしく、四角いガーゼが貼《は》られている。

白い扉の向こうからお母さんとお父さんの言い争っている声が聞こえた。

私はお母さんの望みどおり消えることも死ぬこともできなかった。けれど、その会話の断片から、お母さんがどうして私を叩いたのかは判った。

いつも不思議に思っていた。十号棟より向こうへ行ってはいけない、と言いつけていたくせにお母さんは、私がどこに遊びにいくときも一緒についてこなかった。団地中央の公園にいる私と同い年くらいの子どもは、だいたいお母さんが一緒だったのに。

お母さんは団地の、社宅の中で結構激しいいじめに遭《あ》っていたのだ。

だから私を、団地の中の子どもと遊ばせなかった。外に遊びに行く私についていて来られなかった。私がどこで何をしているのか気になって仕方ない。でも真実は判らない。子どもを外で遊ばせることは子育て教育として正しいから、それを止めることはできない。けれどどこで何をしているのか判らない。そして子どもが万引きをしているという最悪の事実が判明した。

言い争っている声はだんだんと泣き声に変わっていった。

再びうとうとしてきたころ、扉が開いてお父さんだけが入ってきた。

「大丈夫か、真淳」

「……うん」

「突然だけど、引っ越すことになった。真淳は横浜《よこはま》のおばあちゃんの家に行っても大丈夫？」

「……」

「お母さんは静岡《しずおか》のおばあちゃんの家に行くことになるけど、それにお父さんはこっちに残ることになるけど、真淳ひとりで大丈夫か？」

「……リコンするの？」

私の問いに、お父さんは「まさか」と笑って言った。

「こっちに家が見付かったらすぐにまた三人で暮らせるよ」

「団地、引っ越すの？」

照乃ちゃんと離れ離れになってしまう。それだけがイヤだった。知らないうちに私の目からは涙が溢《あふ》れていた。

「ごめんな、真淳」

イヤだ、と言っても聞き入れられないことは判っている。あのお母さんの様子からして尋常ではなかった。これはお父さんが考えた、最善の選択なのだろう。

お父さんは何度も「ごめん」と言いながら、泣きじゃくる私を胸に抱きしめた。

引越しは一週間後だった。私は一泊だけ入院し家に戻り、抜け殻みたいになっているお母さんの目を盗んでシロツメクサの花畑へ行った。でも照乃ちゃんはいなかった。次の日も照乃ちゃんはいなかった。その次の日も、その次の日も、照乃ちゃんは来なかった。

私はひとりでシロツメクサの花冠を作る。花は既に枯れており茎もよれよれで、それは大層みすぼらしいものだった。

引越しの前日、意を決して私は照乃ちゃんの家まで行った。

ピンポンを押してしばらくしたら、照乃ちゃんがドアを開けた。

「照乃ちゃん！」

私は嬉しくなって名前を呼んだが、次の瞬間その姿に言葉を失う。瞼《まぶた》まで青黒く腫れあがるほど折檻《せっかん》された痕があった。服は血に汚れ、既に肌寒くなってきているのに裸足だった。

「帰って」

「……」

「真淳ちゃんのママがうちに来て、ママが真淳ちゃんとはもう遊んじゃだめだって」

照乃ちゃんはドアを閉めようとする。私は必死にドアノブを引っ張る。

「待って、真淳明日引っ越すの、だからもう遊べないの」

ドアの向こうで照乃ちゃんは僅《わず》かに反応した。そして「ちょっと待ってて」と言って一旦《いったん》ドアが閉まった。鍵《かぎ》のかかる音はしなかったので、私はその場で照乃ちゃんを待つ。しばらくしたら再びドアが開いた。

「これ、あげる」

そう言って手渡されたのは、一本の赤いサテンリボンだった。お菓子の店の名前が入っている。

「照乃の宝物。真淳ちゃんにあげる」

「……ありがとう」

「じゃあね」

今度こそ、ドアは閉まった。ガチャンと音を立てて鍵が閉まる。

私は手に持っていたみすぼらしい花冠を、ドアノブにかけてその場を立ち去った。

お母さんは静岡の実家から病院に通い、心に棲《す》む鬼を殺した。二年後にお父さんが本社に転属され、それを機に東京に家を買い、私たち家族は再び一緒に住むことになった。

東京に、シロツメクサの花畑はなかった。

今でも照乃ちゃんの小さな手がシロツメクサの花冠を作る様子を鮮明に思い出せる。彼女の爪はばらばらに伸び、その中は茶色く汚れていた。けれど照乃ちゃんの手は誰よりも美しい花冠を作った。

シロツメクサは『白爪草』とは書かない。『白詰草』が正しい。けれどあの花びらはどう見ても切り取った人の爪だ。ひとつひとつの小さな花びらが持ち主のところへ帰りたがって、帰れなくて、死んだ人のように茶色くなって枯れてゆく。

もうシロツメクサを摘むことはできない。照乃ちゃんと過ごしたあの季節だけが、私の花冠だった。

茶色く朽《く》ちたシロツメクサは、もう戻れない、もう帰れない、私の思い出の残骸。

2話

　家から少し離れた古い家が取り壊され、更地になったのは一年近く前である。区画の角地でわりと良い条件なのに、いまだに買い手が付かないらしく、そこは春になると我先にと雑草が茂《しげ》る。不気味なほど青々とした雑草の群れの中、一箇所《かしょ》、シロツメクサが群生している場所があるのを最近見付けた。去年までは、なかったのに。

　空き地は通学路の途中にあるため、私はその一角を見るたび、目を逸《そ》らす。

　――照乃ちゃん。

　団地から東京の戸建に引っ越して既に何年も経っていた。私は中学一年生になり、家から一番近い公立の中学に通っている。

　お母さんは、小学校から中学にあがるとき、私立の女子中学校を受けろと私に強要した。私は抵抗した。

この世に照乃ちゃんが生きている限り、再会できる可能性がある。

けれど、今考えれば照乃ちゃんのおうちの経済力では、私立には入学できない。

もし照乃ちゃんが東京に引っ越してきていたら、公立の中学にいれば会えるかもしれない。部活の大会なんかで一緒になるかもしれない。

そんな、非常に現実的ではない理由からの抵抗だった。もちろんお母さんは私が嫌《いや》がった理由を知らない。けれどお母さんは私に大怪我《おおけが》をおわせた負目があるため、最終的に無理強《じ》いはしなかった。しかも私は部活になんか入らなかった。

私の中での表向きの理由は、照乃ちゃんのこと。

けれど、もうひとつ理由があった。

小学校高学年になると、女の子たちが色気付き始める。放課後の話題はほぼ男子生徒のことだけになる。

わたし○○君が好きなんだ。

○○ちゃんが○○君とキスしたんだって。

私なんか○○君とBまでしちゃった。

えー、どこまで触らせたの？

彼女たちが発する甘酸《あまず》っぱいような匂いと、大人の階段を一秒でも先に上りたいというギラギラした熱意が、私には耐《た》えられなかった。何故耐えられないのか、考えた末に私は大きな壁にぶちあたった。

――私、男の子を好きになれない。

……かもしれない。

クラスメイトの女子に「好きな男子」について尋ねられるたびに私は、自分がもしかして異常なのではないかという恐怖心に苛《さいな》まれた。小学校という社会において、大多数を占める人種が「常識」になる。この場合は「男子を好きになる女子」が女子においての常識であり、それはおそらく何歳になっても、所属する社会が変化していっても変わらない社会の仕組みだろう。もし「女の子しかいない環境」に放り込まれたら、私はきっとその異常性を更生する機会を失う。そう思って自ら共学の公立へ入学を希望した。

――本当に可愛くない制服。

私が家に帰るたび、お母さんは吐《は》き捨てるように言う。ノーカラーの紺色《こんいろ》のブレザーにボックスプリーツのジャンパースカートに丸襟のブラウスという冬服は、まだマシだった。夏服はボックスプリーツのジャンパースカートがただのスカート＋サスペンダーという、より味気ないものに替わる。靴《くつ》は白の運動靴以外認められていないため、我ながら本当にダサい。

中園《なかぞの》女子だったら、もっと可愛かったのに。

お母さんが私を通わせたがった中園女子の制服は、上品なグレーのブレザーに緑色のタータンチェックのスカートで、靴はワイン色のローファーが指定になっている。中のブラウスも生成《きな》りっぽくてすごく可愛い。夏服は下着が透けないよう、学校指定の綿のニットベスト着用が許可されている。

中園女子に比べて制服の激烈なダサさは認めるものの、私の気も知らないで、よくそんなことが言えたもんだ。

お母さんに心ない暴言を吐かれ、心にざわざわしたものが生まれ、耐えられなくなったときは、机の引き出しを開け、奥のほうから小さな缶を取り出す。中には赤いサテンリボンが入っている。私があの団地から引っ越すとき、最後に照乃ちゃんからもらった「宝物」のリボンだ。

ものごとが多少理解できる年齢になった今、思い返せば照乃ちゃんは、なんらかの理由によりお父さんのいない家庭に育ち、お洋服も買ってもらえず、保育園にも行くことができず、ごみためのような部屋でお母さんに虐《しいた》げられながら育った子どもだ。

照乃ちゃんの悲しみや苦しみに比べれば、私はまだお父さんがいるし、お洋服も買ってもらえるし、お部屋も綺麗だ。嫌なことがあったときは、まだ私は幸せなのだ、とリボンを握り締めて深呼吸する。

照乃ちゃんは私を憶えてくれているだろうか。

私がこんなふうに今でも照乃ちゃんに焦《こ》がれているのだと、少しでも判ってくれているだろうか。

お母さんにどんなひどいことを言われても、夜になれば少しは救われる。お父さんが帰ってくるからだ。お父さんの前ではお母さんは私を悪く言わない。お父さんは優しい。いつも私を気遣ってくれる。

今日は学校は？

もうすぐ夏休みだけど、行きたいところがあるなら言いな？

勉強は大丈夫そう？

団地を引っ越してしばらくのあいだ、私とお父さんとお母さんはバラバラに暮らしていた。お父さんのほうのおばあちゃんの家に住んでいた私は、しばしばお父さんとは顔を合わせていたが、お母さんと会うことはできなかったため、どちらかといえばお父さんのほうが好きだ。

けれどきっと、一生、好きになる男はお父さんだけだ。

「まーじゅ、明日の終業式のあと、吉祥寺《きちじょうじ》で遊ぼう？」

終業式の前日、そんな提案をしてきたのは、私が所属しているグループのリーダー格である奈々《なな》ちゃんだった。お父さんにお小遣いをねだれば、マックでご飯を食べるくらいはなんとかなるだろうと思い、私は「うん、良いよ」と気軽に答えた。

奈々ちゃんは同じグループのヨッシーと万里江《まりえ》にも声をかけ、ふたりからも快諾《かいだく》を得た。が、そのあと奈々ちゃんは思いもよらぬ行動に出た。

「室田《むろた》ー、こっち四人ともオッケーだよ！」

え、と思って奈々ちゃんが叫んだ方向を見ると、クラスメイトの室田という男子と彼の取り巻き的男子の三人、合計四人がこっちを見てニヤニヤしていた。

私たち四人だけで行くんじゃないの？　なら行きたくない。

などと、私が奈々ちゃんに言えるはずもない。

「おう、じゃあ一回家帰って着替えてから吉祥寺集合な」

室田は男子三人を引き連れ、奈々ちゃんの傍らに集まる。

「あたしとヨッシーはチャリで行くよ、万里江とまーじゅはどうする？」

「わたしもチャリ、それかアニキに原チャで送ってもらう」

私は答えられなかった。行きたくない。けれどどうにかして行かなければ夏休み明けからこのグループにいられなくなる。

「……たぶん、バスで行く」

搾《しぼ》り出した答えに、男子のひとりが声を被せてきた。

「あ、俺もバス。三小前からだろ？　じゃあ俺白川と一緒に行くわ」

溝口《みぞぐち》という、既に声変わりの始まっているサッカー部に所属する男子だ。私はおそらくあからさまに嫌な顔をしたのだと思う。奈々ちゃんとヨッシーが笑いながら私を諌《いさ》めた。

「まーじゅ、そんな顔したら溝口カワイソーだよ」

「そうだよ、一緒においでよ」

やはり「いやだ」という答えは許されない。だから私は精一杯の抵抗を試みる。

「だって溝口、部活じゃないの？」

「あ、終業式の日だけは休みなの」

溝口は嬉しそうに言った。ダメだ、どうにも逃げられん。

私は渋々と頷《うなず》き、翌日が来ないことを願った。

「男を好きになれない」だけであって、私は別に「男が嫌い」なわけではない。しいて言えばこの感情は「どうでもいい」に分類されるだろう。

しかしながら、室田とその取り巻き三人だけは、とりわけ苦手だった。室田は学年で一番カッコイイ男子だと言われている。従って溝口を含む取り巻きもそれなりのレベルである。全員既に背が高く、声変わりが少なからず始まっている。それが一般的には「カッコイイ」らしい。事実、これみよがしに室田と吉祥寺にゆく約束を取り付けた奈々ちゃんは、ほかの女子生徒からは羨望《せんぼう》と妬《ねた》みの入り混じった視線を浴びせられていた。奈々ちゃん的にはそれが気持ち良いのだと思う。

いろいろな意味で（成績表とか）明日が来ないことを願いながら、私は部屋で爪を切る。少し伸びたらすぐに切る。切った爪は空になった薬の小瓶に溜《た》めている。いつも切っているおかげで学校の身だしなみ検査に引っかかったことはないのだが、切りすぎてときどき血を出してしまうため、最初のうちは担任に虐待《ぎゃくたい》の心配をされた。こんな些細《ささい》なことで虐待扱いされるのだったら、首を絞められてベランダから突き落とされそうになったことがある、なんて告白をしたら私はまたお母さんやお父さんと別々に暮らすことになるのだろう。

お父さんから秘密のお小遣いをもらい、私は翌日、終業式のあと、お母さんに「友達と図書館に行く」と嘘《うそ》をついて、家から少し離れたバス停に向かった。

既に溝口はバス停で私を待っていた。アスファルトを白く光らせる夏の日差しは眩しいが、私には大雨が降っているように思える。

「白川の家ってどこ？」

私が人ひとりぶんくらい離れて並ぶと、溝口は明るい口調で訊いてきた。

「ここから五分くらい」

私は答える。ふうん、という声が聞こえたあとは長い沈黙だった。

――このバカ、女子生徒にチヤホヤされすぎて、まともな会話をすることさえできないんじゃないのか？

イヤな沈黙からはそんな感じが漂《ただよ》ってきた。バスはまだ来る気配がなく、私はカバンから折りたたみの日傘を取り出し、開く。そして溝口の顔を見なくて済むよう、少し傾けた。

「えっ、日傘？　ババくせえ」

「……」

「日焼けとか気にしたって、おまえ程度の顔じゃ何も変わらねえだろ」

「……」

「恥《は》ずかしいからやめろよ」

やはり溝口と一緒に行くなんて言わなきゃ良かった。私が無視を決め込んでいたらやがて溝口は黙り、舌打ちする。

しばらくののち、バスが来た。このバスに乗らないで家に帰ったらお母さんに怪《あや》しまれるし、二学期から奈々ちゃんたちには無視されるだろう。私は日傘を閉じ、死刑台に上るような気持ちでタラップを踏みしめ、ひとりがけの椅子に腰を下ろした。溝口も私の前の席に腰を下ろす。そして成績のこととか、部活のこととか、ひとりで勝手に話し始めた。私はただ外を見つめ、約二十分の道のりを耐えた。

私の記憶の中で、照乃ちゃんはあのころの幼い姿のままだ。けれど生きているならば彼女は、間違いなく私と同い年になっている。

ときどき、十二歳に成長した照乃ちゃんの姿を思う。もう誕生日を迎えていたら十三歳だけど。どんな女の子になっているのか、考えるのは楽しかったけど怖かった。真っ黒な長い髪の毛に、少し浅黒い象牙色の肌に、黒目がちの大きな瞳。しなやかな手足。着ている洋服は相変わらず汚れているけれど、照乃ちゃんの綺麗さを微塵《みじん》も損なわない。あの日スカートをはためかせて空を飛んだ照乃ちゃんは、美しく成長した長い手足を振りあげて今も空を翔《かけ》る。そんな少女を私は想像していた。

けれど、あの家庭環境からして照乃ちゃんは、私のお母さんが言うような「まとも」な子には育っていないだろう。きっと変な色に髪の毛を染め、アクセサリーをたくさん着けて、まだ柔かな素足にヒールの高い靴を履《は》いている。制服姿のときは、きっと短いスカートの下にジャージなんか穿いてると思う。

吉祥寺には、そんな女子高生や女子中学生が多かった。奇抜な色の服を着て、猿みたいに声を張りあげて世間に自分の存在を知らしめようとする幼い女の子たち、そして精一杯大人ぶった男の子たち。

端《はた》から見れば、私たちもそうなのだろう。駅前で集合した室田率いる男子グループと、奈々ちゃん率いる女子グループは、どこに行こうか、という話を甲高い声で五分ほどしたのち、「じゃあ別行動にしよう」ととんでもないことを言った。

「え、ヤダ、私奈々ちゃんと一緒にパルコ見たい」

溝口と一緒に行動しろと言われた私は、内心の焦《あせ》りを悟られぬよう抗議した。

「あたし室田と一緒に東急《とうきゅう》裏のほう行くから」

奈々ちゃんは無慈悲にもそう答えた。万里江とヨッシーもほかのふたりの男子と「どこ行こうかー」なんて喋っている。

「じゃあ、パルコ行こうか」

いやだ！　あんたとは行きたくない！　と言えるわけもなく、私は死刑囚のような気持ちで、歩き始めた溝口のあとをついていった。

小学校のころも、こういうことがあった。ひとりの男子から何故か校門の前で待ち伏せされて、一緒に帰ることを強要され、断れずにふたりで帰ったことが何度かある。その現場を見られてお母さんにものすごく叱《しか》られたのだが、男子が市会議員の息子であることを知ったあとは手のひらを返したように、優しくなった。今度おうちへ連れてらっしゃい、みたいなことを言われた。冗談じゃない、と思った。

けれど今の私はまるでお母さんと一緒だ。私は今、奈々ちゃんという権力に逆らえない。奈々ちゃんと仲良くしておけば絶対にクラスで無視されることはないし、学校生活も楽しく過ごせる。奈々ちゃんは私と溝口をくっつけようとしている。その意思に逆らえば、私の学校生活での立ち位置は危《あや》うくなる。

別にパルコに行きたいわけじゃなかったので、ビルに入っても何も見るものがなかった。ただ建物の中は涼《すず》しかったから、外に出るのも億劫《おっくう》だった。私と溝口は会話もなく、地下の本屋をうろうろする。私がファッション雑誌のコーナーで立ち止まると溝口もうしろに立ち止まる。そして訊いてきた。

「おまえ、服買いに来たんじゃねえの？」

「服はお母さんが買ってくるから」

「どこで？」

「さあ？　服見たいなら、見てくれば？」

溝口はそれでも、私のうしろから動かなかった。再び私が移動するとついてくる。

「なー、マジ俺本とか興味ねえんだけど、ゲーセン行こうぜ」

「ひとりで行けば？　私ゲームとか興味ないし」

「じゃあ公園行こうぜ」

暑いからイヤ、と言いかけて言葉を呑《の》み込んだ。

私はなんのために、自ら望んで共学の学校に進んだのか。男子に慣れるためではなかったのか。

立ち止まり、うしろを振り向いた。ちょっとだけ溝口がひるむ。

「良いよ、公園行こう」

たとえば私があのとき照乃ちゃんに出会わなかったら、こんなことで悩まずに済んでいただろうか。男子を好きになれない、という事実に気付かず、もし気付いていたとしてもときが経つに従って治るはしかのようなものだと、その気持ちを捨て置くことができただろうか。

あるいはあのとき出会ったのが照乃ちゃんじゃなければ、私はその女の子の存在を、今ごろ忘れていただろうか。

中学に入学してから一度だけ、照乃ちゃんの話をしたことがある。その当時の席順は出席番号順で、うしろには万里江がいた。最初に仲良くなったのは万里江だ。

——幼稚園のころのことなんか、よく憶えてるね。

私の話に万里江は感心したように言った。

——鈴木《すずき》さん、そういうの憶えてない？

ああ、当時は万里江のことを鈴木さんと呼んでいたのだ。三ヶ月しか経ってないのにはるか昔のことみたいに思える。

——憶えてる必要のあることだけしか、憶えてないなあ。

——憶えてる必要のあることって、たとえば何？

——そう言われると、何もないような気がする。

彼女の言葉に喩《たと》えれば、私にとって憶えている必要のあることは照乃ちゃんだった。

そして、万里江の言うとおり、照乃ちゃんのこと以外はほとんど憶えていないことに気付く。照乃ちゃんにまつわるすべては憶えているのに、その光景に照乃ちゃんがいないものは、憶えていない。自分の住んでいた部屋から見えた景色すら憶えていなかった。

——照乃ちゃんは今、どんな景色を見ているのかな。

夏の井《い》の頭《かしら》公園は暑かった。陽が傾いているため日傘の効果は望めず、私は顔を顰《しか》めながら溝口のあとをついていった。

吹き出る汗が背中や脇《わき》を濡らす。蟬《せみ》の声の中、暑くて眩暈《めまい》がしてくる。

しばらくののち溝口は空いているベンチを見付け、「座れよ、疲れたろ」と言った。

「うん、疲れた」

人気のない、ふたりがけのベンチの端に私は腰掛ける。溝口もその横に腰を下ろす。

汗と制汗剤の入り混じったにおいが鼻をついた。

そして、次の瞬間に私は悲鳴をあげることになる。

何が起きたのか瞬時には判らなかった。けれど、拒まなければいけないということだけは判った。溝口の右手が私の腕を摑み、彼の左手が私の胸を摑み、顔が眼前すぐそばに迫っていたのだ。

「やっ……」

顔は背けられた。しかし運動部の男子の力は強く、逃れることはできなかった。

「やめて、離して！」

「良いだろ、減るもんじゃねえんだから！」

「いやだ！」

「勿体《もったい》つけてんじゃねえよ！」

照乃ちゃんにしか触れられたことのないところを、溝口の指が蹂躙《じゅうりん》する。

「いやだあ！」

恐怖と嫌悪と怒りで私はめちゃくちゃに暴れたが、拘束は解けず溝口のにおいに吐き気がしてきた。

男子なんかたぶん一生好きになれない。どうして奈々ちゃんたちは、こんな男子と仲良くしようなんて思うのだろう。おとなしくしろよ、と言いながら溝口は私の首を絞めた。声にならない悲鳴をあげ、私は精一杯の抵抗を試みる。

そのとき、自分の発する掠《かす》れた呻き声の中に、凜《りん》とした声が突き刺さった。

「やめなよ、その子嫌がってるじゃん」

拘束が一気に解けた。私は溝口の身体を突き飛ばし、地震みたいに震える脚でベンチから立ちあがる。そして声のした方向を見遣《みや》った。

声の主は知らない女の子だった。

否、知らない女の子、ではなかった。

まさか、と思うけれど、問いかけずにはいられなかった。

「……照乃ちゃん？」

女の子の長い髪の毛は茶色く染められ、浅黒い肌はお化粧に埋もれていた。キャミソールからむき出しになった長い腕の爪の先にはシロツメクサ色のマニキュア、短いスカートから伸びる細い脚の先にはヒールのついた安っぽいビニールのサンダル。

「照乃ちゃん？」

信じられない気持ちでその名前を繰り返し呼んだ。

私が照乃ちゃんだと信じて疑わないその女の子は、はっとした様子で踵《きびす》を返す。

「待って、照乃ちゃん！」

脚を震わせている場合じゃない。私は地面に落ちていたカバンをひっ摑み、女の子を追った。

照乃ちゃん、そんな靴じゃすぐ追い付いちゃうよ。

と思ったのも束の間で、女の子は木の根っこや石ころでぼこぼこの地面を、飛ぶように駆けてゆく。そのうしろ姿に、空にはためく黄色いスカートと、背中に生えた幻の白い翼の記憶とが重なる。

ああ、やっぱり照乃ちゃんだ。

遠くなってゆく背中に確信する。あの団地のシロツメクサのお花畑で私とくちづけ、指先で互いの身体に触れ合い、秘密を共有した小さな女の子は、やはりどこまでも美しい。甘く疼くような記憶が身体の奥のほうから溢れてくる。

「待って……あっ」

木の根っこに足を取られ、私はそのまま頭から地面に滑り込んだ。足も捻《ひね》った。胃のあたりをぶつけて少しゲロが出そうになる。

照乃ちゃん。立ちあがり再び名前を呼んで走り出したとき、「まーじゅ?」と、万里江の声が正面から飛んできた。

「どうしたの、ドロドロじゃん、溝口は一緒じゃないの?」

万里江は奥井《おくい》という男子と一緒で、私たちと同じくふたりで公園にやってきていたらしい。その姿を見た途端、溝口に触られた恐怖と照乃ちゃんを見失った悲しさが込みあげてきて、私は泣いてしまった。

「まーじゅ、どうしたの⁉」

「み、溝口が、溝口に」

何をどう伝えれば良いのか判らなかった。

「どうしたの、なんかされたの⁉」

万里江は奥井から離れ、私の肩を摑み、その手首にある摑まれた痕《あと》を見て眉を吊りあげた。

「ちょっと溝口、あんたまーじゅに何したの！」

私からはその姿は見えなかったが、溝口は私を追ってきていたらしい。万里江の剣呑《けんのん》な声が背後にいるらしい溝口を責める。

「知らねえよ、なんか変な女が声かけてきて、白川がその女追いかけて勝手に転んだんだよ」

間違ってはいないため、どう反論するべきか判らない。私はただ、泣くことしかできなかった。代わりに万里江が反論してくれた。

「転んだだけでこんなに泣くわけないでしょうが」

「あーもー、めんどくせえなあ。奥井、こんなやつらほっといてゲーセン行こうぜ」

溝口は舌打ちし、万里江と一緒にいた奥井の腕を取る。私がそちらを見ると、奥井は心配そうな顔をしてこちらを一瞬だけ見た。そして可哀想な子どもを見たあとのように俯《うつむ》き、溝口に従って公園の出口のほうへと歩き出した。

万里江が冷たいリンゴジュースを買ってくれた。夕暮れの公園で私たちは並んでベンチに座り、ペットボトルの蓋《ふた》をひねる。涙はだいぶ治まっていたが、寒くもないのに、むしろ外気は暑いのに、震えが止まらなかった。

「大丈夫？」

汗に濡れた背中を撫《な》でてくれる万里江の手が温かかった。シャツ越しに伝わってくる柔かな感触に、緊張していた肌の表面が崩れるように解けてゆく。優しくて温かな女の子の手。

「うん」

私は呼気を落ち着かせるため、深呼吸した。ふわりと万里江の匂いが胸の中に入ってくる。汗にコロンの混じった甘酸っぱい女の子の匂いは、溝口の身体が発していた粗暴なにおいと違い、私の心を柔かな愛撫のように慰《なぐさ》める。

「ありがと、万里江」

「奈々ちゃんには言わないから、何があったのか話して」

「奈々ちゃんに言っても言わなくても、きっと二学期から私ハブだよ。溝口が室田に言うだろうし」

「もし溝口がまーじゅに何かエロいことしようとして、まーじゅにイヤがられたなら、室田には言わないと思うよ。かっこ悪いし」

察してるなら訊かないでよ、と思いつつ、その洞察力の鋭さに私は感心した。沈黙を肯定と理解したのか、しばらくののち万里江は「やっぱりねえー」と溜息混じりに言った。空を仰ぐと短いポニーテールの先が犬の尻尾《しっぽ》みたいに揺れる。

「何がやっぱりなの？」

「まーじゅは絶対に溝口嫌いだと思ってたんだ。でも奈々ちゃんが『くっつけちゃおう』って言うから、わたしも反対できなくて」

「……」

「奈々ちゃんが室田と付き合いたいだけなんだよ。自分の回りをぜんぶ自分の味方で固めたいだけ。そんな話を、さっき奥井としてたとこなの」

「奥井と？」

「こっちもくっつけられそうになって迷惑だよね、って話」

ペットボトルを呷《あお》る露になった万里江の喉が上下に動く。奥井が去ってゆくときの申し訳なさそうな顔が瞼の裏に蘇《よみがえ》る。そのとき初めて、奥井という男子がひとりの人間として認識された気がする。顔は美しいが、「男子」の溝口とはぜんぜん違った。室田と一緒にいるときは「取り巻きその三」にしか見えない奥井だが、個人としてみれば、彼に対する嫌悪はそれほど感じなかった。

「どうして、恋愛しなきゃならないのかなあ」

万里江はペットボトルの飲み口を唇につけたまま、誰にともなく呟《つぶや》いた。

「えっ」

私は彼女の発言に驚き、その横顔を凝視する。

「そう思わない？　別に誰に産んでくれって頼んだわけでもないのに生まれてきて、女の子として育てられて、女の子なら男の子を好きにならなきゃいけないって、誰が決めたのって、そう思うことない？」

再度驚いた。私が誰にも言えずに長いこと心に仕舞ってきた疑問を、なんと自然に言葉にするのだろう、と。

「わたし、まーじゅはそう思ってると思ってたんだけど」

「なんで？」

「なんか、男の子を好きになるような人種には見えないから」

「……」

「あ、おかしな意味じゃなくて。そういうの、恋愛とか、まだ興味ないように見えるから。奥井も同じこと言ってた。白川が可哀想なんじゃないかって」

万里江の言葉に、止まっていた涙がまた溢れた。

私は夏休みのあいだ、何度も井の頭公園へ通った。もしかしてまた照乃ちゃんが現れるかもしれない、という僅かな望みを胸に、いつも二時間くらい公園をうろうろし、ときどき万里江と合流し、汗だくのままマックでコーラを飲んだ。

残念ながら照乃ちゃんは、八月三十一日になっても現れなかった。東京の武蔵野《むさしの》に現れたということは、もうあの団地には住んでいないのだろう。手紙を書いたとしてもきっと戻ってくる。

新学期になったら、奈々ちゃんと室田は「デキ」ていた。それに伴って私たちへの興味は失われたようで、次第に私は奈々ちゃんと疎遠になり、万里江とばかり一緒にいるようになった。小学生のころと違い、中学生はある程度思考回路も大人に近づいていた。クラスのリーダー的な人物の指示があっても、クラス挙げてのしかとみたいな行為はしないのだ。これには驚いた。溝口はほかの男子を巻き込んで執拗《しつよう》に私にいやがらせをしてきたが、二学期の終わりごろに奥井が、

「そんなことしてて、自分のことバカみたいだと思わない?」

と言って教室中の空気を凍らせて以来、何もしてこなくなった。

クリスマス前の終業式、私は万里江と奥井と三人で、吉祥寺に行った。万里江と奥井

は付き合っているわけではないが「友達」で、私も三人でいることに違和感はなかった。

「メリクリー」

中高生で混み合ったマックの暖かい店内、コーラで乾杯し、私たちは成績表について喋る。

「まーじゅは頭良いなあ」

「いやいや、奥井のほうが頭良いでしょ。私どうしても数学は無理」

「白川、高校どこかもう決めてる？」

奥井の問いに、私は答える。

「中園女子」

あの日万里江が言葉に出してくれたことにより、私の肩は軽くなった。男子に慣れようとか、男子を好きにならなきゃいけないとか、そういうことを考えて共学を選んだものの、私にはやっぱり無理だった。中学を卒業するまでに変わるかもしれないけれど、今の時点で高校は女子校に行こうと思っている。公立へ行っていたら照乃ちゃんに再会できるかもしれない、という望みに関しては、学校でなくても再会できた今、最早どうでもよくなっていた。

学校が社会のすべてじゃない。

「じゃあわたしも中園女子にしようかなあ。ギリギリ行けそうだし。奥井は？」

「日吉《ひよし》付属の理系クラス」

「あー、あんたなら余裕だわ。頑張って」

「なにその適当な感じ」

唇を尖らして笑う奥井は、外見は確実に男子なのに女の子みたいだ。私がその顔を見ていたら、奥井は優しい声で言った。

「とりあえずあと二年、頑張ろう。な、白川」

「ちょっと、わたしは」

「おまえは普通に生きていけそうだから良いの」

仲良しなふたりを見ているのは、ほほえましかった。こんなふうにお付き合いできれば良いのにな、と思う。私は頷き、結露した窓を手のひらで拭《ぬぐ》った。外に雪が降っていたら完璧《かんぺき》だったのに、降っていたのは雨だった。

「あー、雨。雪に変わると良いなあ」

万里江が更に手のひらで窓を拭う。寒そうな外では薄暗い町並みを、絵画のように色とりどりの傘がゆきかっていた。

3話

照乃ちゃんは天使みたい。

いつか真淳ちゃんが私にくれた、福音のような言葉。あのときの私が本当に天使に見えていたとしたら真淳ちゃんの目は相当悪いと思うが、それでも私は幼い彼女の言葉に縋《すが》って生きていくことができた。たとえ言った本人が忘れていようと。

真淳ちゃんこそ天使みたいな子だった。柴犬《しばけん》の子どものように黒く濡れた大きな瞳で私を見つめ、いつも私のあとをついてきた。あまりに純粋すぎるその瞳にときどき苛立って、意地悪を言ってしまったこともある。今思えばなんてバカだったのだろう。

私と真淳ちゃんは幼いころ、たった数ヶ月しか一緒にいられなかった。

離れる未来が判っていたら、もっとその宝物みたいな数ヶ月を大切にしていたのに。

もっと、真淳ちゃんと一緒にいたかったのに。

初めて自分でお金を稼いだのは、小学校四年生のときだった。もう何度目か判らない母親とその彼氏の大喧嘩《おおげんか》の、すぐあとだ。いつもどおり喧嘩の絶えない男との不安定な関係に、母親は荒れに荒れ、私の髪の毛を摑んで引き摺り回した。あんたさえいなければ、と言いながら私の腹を踏みつけ、ほとんど何も入っていない胃から血の混じったなんらかのものを嘔吐《おうと》している娘を見ても、彼女の降らす折檻の雨は止まなかった。私を存分に痛めつけて鬱憤《うっぷん》を晴らしたあと、母親は財布を持ってアパートを出てゆく。狭くて散らかった部屋の中に、ひとり私は痛みに呻きながら蹲る。

真淳ちゃんと一緒に遊んだあの団地は、彼女が引っ越した一年くらいあとに追い出された。異臭がする、という苦情によって。そんな苦情を通報するくらいなら、児童相談所に通報してくれれば良かったのに、とあとになってから思ったが、私は児童相談所に守ってもらえるタイプの子どもではなかった。近所での母親の評判がすこぶる悪かったし、加えて私自身の評判もすこぶる悪かったためだ。そういう子は、差し伸べられた救いの手からも零《こぼ》れ落ちるさだめにある。そもそも救いの手を持つ誰かに見付けてもらえない。

母親が出て行ったあと、これはさすがに今度こそ死ぬかもしれない、と思うほどの飢《き》餓《が》に襲われた。母親はいつも自分だけ外で食事をしてくる。母親のことは好きだけれど、その子どもには興味がない、というタイプの男と一緒に。そして母親も、男のことは好きだけど、自分の子どもには興味がない、というタイプの女だった。

このとき母親が付き合っていた男は地元の偉い人の妾《めかけ》のバカ息子だかなんだかだったため、学校も自治体も、子どもが痣《あざ》だらけだろうと同じ服を着つづけていようと、やはり彼女にアレコレ言うことができなかったので、相変わらず私は救いの手から零れ落ちていた。

……まずい、このままじゃほんとに死ぬ。

私は鉛のような身体をなんとか起こし、蹲りながら家の中の食べ物を探した。しかしその家に食べ物などというステキなものはなかった。かつて食べ物だったものらしきもの、はあるが、それはおそらく食べても死ぬ。

玄関まで辿《たど》り着き、私は痛みを圧《お》して、薄く磨《す》り減ったサンダルを突っかけて外に出た。

扉の外に広がっていたのは夏の夜だった。近所ではお祭りがあるらしく、通りに出ると白地に鞠《まり》やら蝶《ちょうちょう》々やらの模様が鮮やかな浴衣《ゆかた》を纏った子どもたちが、ふわふわと兵《へ》児帯《こおび》を揺らしながら母親らしき女に手を引かれて一方向へ進んでゆく。たしかに、そう遠くはないであろう音量のお囃子《はやし》が聞こえてきていた。

華やかな浴衣の群れのあとを、私はふらふらとついていった。五分くらいして辿り着いた神社の鳥居の向こうは、人に溢れていた。そしてソースやチョコレートや鰹節《かつおぶし》やカラメルやニッキや、あらゆる食べ物の匂いが漂ってきていた。血の味だけが残る渇いた口の中が溢れてきた唾液に濡れる。

真淳ちゃんがいてくれたら、と私は思った。

真淳ちゃんがいたら、何も言わなくてもきっと食べ物を万引きしてきてくれたはずだ。一緒に過ごした季節、彼女はいつも私のためにチョコレートを万引きしてきた。そして私が与えるご褒美《ほうび》に、戸惑いながらも喜んでいた。

思い出した顔を掻《か》き消すように首を振る。私のせいで真淳ちゃんは引っ越したのだ。今更彼女に会えるわけがない。

歩き出すと私は人ごみの中に紛《まぎ》れる。この栄養状態の悪い環境で、驚くべきことに私の背はクラスメイトたちの中でも結構高いほうなのだが、大勢の人の中だとやはり埋もれる。

なんとなく赤く光って見える参道の両側には所狭しと屋台が並ぶ。金魚が掬《すく》えなくて火がついたように泣き叫ぶ小さな子、綿菓子を地面に落としてしまってこの世の終わりみたいな顔をしている小さな子。ヒーローのお面を被って奇声をあげながら走り回る小さな子。どの子も片手は母親らしき女の手に繋がれている。

少し進んだところにあるお好み焼きの屋台の前で、私は立ち止まった。ソースのこげる匂いと舞いあがる鰹節が本当に美味しそうで、一瞬眩暈をおこした。

テキヤのおじさんはそんな子どもには慣れっこなのか、私のことを見もしない。客から金を受け取り、透明なパックに入ったお好み焼きを渡す。はいまいど。四百円ね。落とさないようにね。

そのやりとりを何度見ただろうか。

「……お好み焼き、食べたいの？」

頭上から男の声が降ってきた。

お金を稼ぐってこんなに簡単なことだったんだ、と、若干拍子抜けしながら私はひとり神社のおやしろの横にある切り株の上に座り、お好み焼きを貪《むさぼ》った。手づかみでそのソースまみれの塊《かたまり》を口の中に押し込んでいたら、何故か鼻の奥のほうがツンと痛くなった。

失ったのは穿いていたパンツ一枚。手に入れたお金は三千円。お好み焼きを二枚買っても、スカートのポケットの中には二千円以上残っていた。新しいパンツも買える。

がっつきすぎて胃の中から戻ってきたものをもう一度飲み込み、何度かそうしているあいだに透明のパックはあっという間に空になった。こびり付いたソースと鰹節とキャベツの破片を舐《な》め取り、新品みたいに綺麗になったパックをその場に捨てると、私は再び立ちあがり、歩き出した。

鳥居までは一本道なのに、迷路みたいに思えた。帰る場所はあのアパートしかないのに、帰れない。夏休みだから学校に逃げることもできない。否、学校はそもそも私にとって逃げ場所でもなんでもないのだが、少なくとも教室の中では表立った折檻は受けない。

帰りたくない。でもどこにも行く場所がない。しかも今はノーパンで下半身がものすごく心もとない。

足を進めてゆけば一本道の迷路はすぐに終わってしまう。鳥居の外に出たら、終わり。

「……粕谷《かすや》じゃん」

帰りたくなくて迷路を振り返っていたら、背後から声をかけられた。

「……カリンちゃん」

私は振り返ってその顔を見て、心の底から安堵《あんど》した。おそらく私と同じような家庭環境で育っているであろう、一学年上の五年生の女の子だった。その横には中学生と思われる三人の男の子がいた。興味深そうに私を見ている。

「ちょっと、顔、大丈夫？　ひとり？」

「ひとりだけど、え、そんなにひどい顔してる私？」

「鏡見てないの？」

そう言ってカリンちゃんは、キーホルダーのいっぱいついた小さなエナメルのカバンからピンク色の手鏡を出し、私の前に差し出した。

「うわぁ……」

痣はそれほどひどくないが、こめかみのあたりの髪の毛が、ごっそりと皮ごと剝がれていた。これはひどい。ていうかこの顔でよくあのパンツ男も声をかけてきたもんだ。

「ちょっとうちにおいで、手当てしてあげるから」

カリンちゃんは私の手を取って引いた。

「お祭りは良いの？」

「良いよ。兄ちゃん、あたし家に帰るからわたあめ買ってきて、さくらの袋のやつ」

カリンちゃんの言葉に、男三人のうちのひとりが笑いながら手を振る。兄ちゃんだったのか。

連れてゆかれた「うち」は私の家と同じようなアパートで、若干私の住んでいるところよりも広くて清潔だった。大人の姿はない。

「誰にやられたの」

救急箱からガーゼを取り出しながらのカリンちゃんの質問に、私は苦く笑った。

「って、訊くだけ無駄か」

「うん」

カリンちゃんちはうちと違って両親が揃《そろ》っている。しかし父親が酒乱で無職らしい。そして母親は隣にある駅のお酒を出す店でホステスをしているらしいが、すべてクラスメイトの噂《うわさ》なので、私は真実を知らない。

私と真淳ちゃんの出会いも、こんなふうだった。怪我をした真淳ちゃんを家に連れて帰り、手当てをしてあげた。あのとき真淳ちゃんがブランコから落ちなければ、きっと私と真淳ちゃんは永遠に出会わなかっただろう。

「……いったぁぁ！」

真淳ちゃんとは似ても似つかないカリンちゃんの大人びた顔をぼんやりと眺めていたら、こめかみに消毒液をつけられたことに気付かず、一瞬置いてから私は飛びあがるほどの悲鳴をあげた。余りの痛みに怒りさえ湧《わ》いてくる。

「痛いだろうねえ」

カリンちゃんは脱脂綿を更に押し付ける。悲鳴をあげる私を確実に面白《おもしろ》がっている。

「いやもう消毒できてるから！　ガーゼ貼って！　早く！」

暴れる私を笑いながら見ていたカリンちゃんが、ふと動作を止め、真顔に戻った。

「粕谷、なんでノーパンなの？」

あ、と思い出して私は慌ててスカートを手繰《たぐ》り寄せ、足を閉じた。

「そういうシュミ？」

「いや、さっき売ったの」

「誰に」

「知らないオッサン」

部屋の窓は開いている。遠くからお囃子の音と微《かす》かな子どもの声が聞こえてくる。

何か言って、と思った。けれどカリンちゃんは私の顔を見つめたまま、無言だった。

「し、仕方なかったの、だって、おなかが空いてて」

お願い、何か言って。惨めすぎて、このままだと笑えなくなる。

そう思った途端、嗚咽が喉まで込みあげてきてどっと涙が溢れた。

「う、うぅーっ」

押しつぶされたような声が歯の隙間から漏《も》れる。さっきも食べながら泣いたのに、涙なんか残っていないはずなのに、むしろこの水分がもったいないのに、涙はあとからあとから溢れてきた。

カリンちゃんは黙ったまま私を見つめていたが、しばらくののち腕を伸ばし、泣いている私の頬を指先でなぞると頭を抱いた。

「……仕方、ないよね」

お腹空いてたら、仕方ないよね。

それは今まで聞いたこともないくらい、優しい、大人の声だった。私の身体は相当くさかったと思うが、カリンちゃんの身体も結構くさくて、同じ境遇の子どもであるカリンちゃんのそのにおいに、私は夢中で縋った。私は今、ひとりじゃない。

カリンちゃんはその夜、「穿いて帰りな」と言って私にパンツをくれた。古くてゴムが伸びていたが、それでも私が穿いていたパンツよりは綺麗だった。

夏休みの終わり、秋の始まりには町中にとんぼが飛ぶ。ときどきふたつ繋がったとんぼも飛んでいる。そのころには母親も彼氏と復縁し、しばらくのあいだ私は殴られたり蹴《け》られたりすることなく過ごせた。

母親の機嫌が良いときだけ、私は綺麗に着飾らせてもらえる。そういうのは大抵、男から結構な額のお金をもらったときなのだが、綺麗に着飾れば見てくれの良い私は、彼女にとって「自分の子ども」ではなくアクセサリーだった。お母さん、と呼ぶと怒られる。ママと呼ぶようにと。そのほうがお嬢様っぽいから。

小さいころからそうだ。チョコレートを食べることを禁止されていたのは、太った子どもはみっともないから、という理由だった。

ほら見てごらん、あのみっともないデブの男の子。母親もブスでデブなんだろうね。照乃はあんなみっともない子にはなりたくないでしょ、ママみたいに綺麗になりたいでしょ、だから甘いものは食べちゃダメ。

たしかに母親は顔だけは美しかった。しかしほかがまるでダメだった。仕事をしても一週間とつづかないし、家事全般はまったくできないし、ご近所づきあいもできない人だった。男ともつづかない。したがって私には生まれたときから父親がいない。というよりも父親が誰なのか、母親自身も判っていないだろう。

団地で暮らしていたころ、私は保育園に行けなかった。定職に就かずほぼ無職で遊び歩いている母親のおかげで待機児童にもなれず、毎日中央の公園で過ごした。

あのころは、団地の公園へ行ってもひとりだった。昼過ぎに起きて私が公園に行くと、あからさまによその母親たちは子どもを連れてどこかにゆく。その時間帯に公園で遊んでいる子どもたちは、幼稚園の子どもだ。必ずお母さんが一緒にいた。そのお母さんたちは私と私の母親のことを知っていた。きっと私がまともな大人だったら、たしかに私みたいな子どもには自分の子どもを近付けたくないと思う。

しかし真淳ちゃんはひとりで中央の公園にやってくる子どもだった。真淳ちゃんはどうか知らないが、私はだいぶ前から彼女のことを知っていたのだ。母親の言葉を借りるならば、真淳ちゃんは「毛並みの良い」子どもで、そんな子がひとりで公園に来るなんて珍しい、と私は遠くの砂場からいつもブランコに乗る彼女を見ていたのだった。

ある日、彼女はブランコから落ちた。首がもげたんじゃないかと思うほど激しい落ち方をした。

私は慌てて立ちあがり、砂を払い落として彼女のところへ走った。名前も知らない、可愛い子。逃げられたらどうしよう、という恐怖も若干あったが、今なら身体的に彼女は逃げられない。

顔面血だらけの真淳ちゃんは、それでもやっぱりものすごく可愛くて、着ているお洋服も清潔で、私とは住む世界の違う子なのだとすぐに判った。

小学校四年になってから思えば、住む世界ってわりと曖昧《あいまい》なものだ。

私は自分が生まれ育った環境しか知らない。ほかの親に育てられたこともないので、今の生活が普通だと思っている。けれど相対的に見て私よりも幸せな環境に育った人たちは、私を不幸だと憐《あわ》れむ。憐れみながらも絶対に救いの手などは差し伸べてくれないのだけど。

パンツを三千円で買ってくれた男のほうが、私にとってはまだ誠実な大人だ。

新学期になってから、下校時刻になるとカリンちゃんが私の教室まで迎えに来るようになった。同級生たちは「中学に喧嘩の強い不良の兄がいるカリンちゃん」のことを恐れているので、ますます私は教室で孤立する羽目になったのだが、あの日以来ますますカリンちゃんは私のことを気にしてくれるようになり、その気持ちが嬉しかった。

学校からアパートまでは二十分。その道のりを、カリンちゃんと一緒に帰る。ときには追いかけっこをしながら、ときにはでたらめな歌を歌いながら。離れがたくて少し遠回りして帰るときに通りがかる、ブランコとシーソーしか遊具のない小さな公園には、ぼうぼうに育った雑草の中にシロツメクサの群生している一角があった。夏も終わりなので既に白い花は茶色く朽ちて、もはやシロツメクサであったことなど普通の人なら判らないだろう。

――カリンちゃん、シロツメクサの花冠、作れる？

私はそれを発見したとき、ふと懐かしくなって尋ねた。

――作れない。

カリンちゃんは即答した。

――粕谷は？　作れるの？

――作れない。

カリンちゃんとは、作れない。たぶん。

カリンちゃんの住んでいるアパートのほうには駄菓子屋があり、カリンちゃんは三日に一度はその駄菓子屋へと私を連れて行った。

店の奥の狭い部屋ではもんじゃ焼きが二百円で食べられる。そしてそこにはだいたい、カリンちゃんのお兄ちゃんである義春《よしはる》君とその仲間もいる。鉄板の上でもんじゃが焼ける煙と煙草の煙でいつも部屋はもうもうとしていて、義春君はガリベンの同級生からカツアゲしたお金でいつも私とカリンちゃんにもんじゃを奢《おご》ってくれた。

「ねえ義春君、こんなにいつもカツアゲしててガリベンは先生に言いつけたりしないの？」

「あー、気にすんな」

義春君は私の問いに、ぶっきらぼうに答える。

しばらくののち、義春君はカツアゲなどしておらず、親の財布からお金をちょろまかして私にもんじゃを奢ってくれていたことが判明したのだが、同時に義春君は私のことが好きなのだということも判明した。

ならば利用させてもらおう、と私は若干の罪悪感と共に思った。あの母親の腹から生まれているのだから、私にもそれなりの才能はあるはずだ。そして私は男に縋るたびに捨てられてボロボロになっているあの母親を見てきているので、おそらく一生涯男など好きにならない。胸の奥に芽生えた罪悪感は、カリンちゃんに対してだった。

カリンちゃんには内緒で、私と義春君は会うようになった。

義春君は私がねだればお菓子も髪飾りも買ってくれた。私がいつも不潔なのは、アパートのガスが止められているからであり、それを知った義春君はときどき一緒に銭湯にも連れて行ってくれた。お風呂あがりの良い匂いがする私に、義春君は嬉しそうに目を細める。

母親は男に夢中で、私のことなど気にもかけない。けれど、約三ヶ月後の冬休みに入るころ、カリンちゃんがようやく私たちの関係に気付いた。

「何してるの」

寒い夕暮れどき、私たちは互いの身体で暖を取りながら神社の境内《けいだい》にいた。何故かカリンちゃんはその場に、ひとりで来たのである。私たちの姿を見て、あからさまに彼女の表情は固まった。

「兄ちゃん、粕谷と何してるの」

別におまえには関係ねえだろ、と義春君は吸っていた煙草を投げ捨て、立ちあがる。カリンちゃんは私に向き直り、手を伸ばすとものすごい勢いで私の髪の毛に飾られていたリボンのついたゴムを毟り取った。そして低い声で尋ねる。

「ねえこれ兄ちゃんにもらったの？」

「……」

「粕谷の家ってウチより貧乏だよね？　こんなもの買ってもらえないよね？」

違うの、別に私はカリンちゃんから兄ちゃんを奪おうとしたわけじゃない。別に義春君のことなんてなんとも思ってない。

そう言おうと思えば言えた。別に義春君のことなんてなんとも思っていないのだから、この場に義春君がいても、傷付けるのはなんてことないはずだった。

義春君を傷付けることは。

でもそれを聞いたらきっと、義春君と兄妹仲の良いカリンちゃんが傷付く。

私が黙っているあいだ、義春君もカリンちゃんも無言だった。最初に口を開いたのはカリンちゃんだ。

「兄ちゃん、父ちゃんが入院した」

「えっ」

「いろいろ運ぶものもあるから、兄ちゃんのこと母ちゃんが探してたから、早く家帰って」

その場には三人三様の罪が渦巻く。義春君は何か言いたげに私たちを見ていたが、結局何も言わずにその場を走り去った。

「カリンちゃん……」

「兄ちゃんと何してたの、粕谷」

何もしてない、というのが正しい答えだ。義春君に身体を触らせたりはしていないし、ただふたりでぼんやりと暮れゆく空を眺めていただけ。けれどそれを伝えてもカリンちゃんは信じないだろう。

「ごめん」

それだけ、私は言った。私の言葉を受けたカリンちゃんの顔をどう形容するべきか判らない。悲しみなのか怒りなのか、綺麗な彼女の顔はさまざまな感情の色に歪《ゆが》んでいた。

「……粕谷は兄ちゃんのほうが好きなの？」

しばらくののち、彼女は口を開き私に問うた。

「え？」

「ねえ、最初に粕谷のことを好きになったのはあたしだよ？　それなのに粕谷は兄ちゃんのほうが好きなの？」

ああ、と思う。

彼女の顔が歪んでいるのはそっちが原因か。

冬の夜の冷たい闇《やみ》に、ふたりぶんの白い吐息《といき》が溶けて消える。

私の初恋はおそらく真淳ちゃんだった。真淳ちゃんも同じだろう。大人は子どもの性的欲望を否定するが、子どものほうがその欲望がなんだか判らず、また善悪の判断が曖昧で素直に行動するため、恋と肉体は直結する。あれが恋と呼ばれるものでなければ、私はおそらくこの先一生恋を知らないままだろう。

きっとそんな子どもは私だけなのだろう、とどこかで思っていた。女の子に恋をする女の子なんて、きっと私と真淳ちゃんのほかにはいないだろう、と。同じクラスの女の子たちの話に耳を傾けてみれば、気を惹《ひ》きたい相手は男子生徒ばかりで、休み時間の教室は男子生徒に対するむせ返るように甘ったるい媚態《びたい》に溢れている。世間的にもそれが生物としての正しい姿とされる。

でもカリンちゃんの言葉は、私に対する執着であり、それは紛れもなく私がかつて真淳ちゃんに対して感じたものと同じだ。

泣いているカリンちゃんを前に、私は何も言えず立ち尽くす。

カリンちゃんが好き、と言うのは簡単だ。口先だけなら人はなんとでも言える。

どうしたら良いのだろう、と悩んだ結果、私はカリンちゃんの手を取って握った。熱を持ったその手を、私は自分の頬に押し当てる。鉄棒のにおいがする。

「カリンちゃんのほうが、好きだよ」

上滑りしないよう、私は慎重にその言葉を紡《つむ》いだ。

「カリンちゃんのほうが好き」

もう一度言うと、カリンちゃんはようやく顔をあげ、「本当に？」と尋ねた。

「うん。ごめんねカリンちゃん。カリンちゃんの言ったこと、正しいよ。うち貧乏だから、いろいろ奢ってくれる義春君に甘えてたの。それだけなの」

「うちも貧乏だよ」

「知ってる。だからもう義春君とは会わない」

本当に？　と再びカリンちゃんは尋ねた。

「うん、約束」

カリンちゃんは私の言葉に、頬から手を離して小指を差し出す。私はその手をもう一度握り直し、カリンちゃんの顔に自分の顔を近付け、そっと唇を重ねた。

カリンちゃんは一瞬ののち、弾《はじ》かれたように手を振り解き、私から身体を離した。

「……なんで？」

私は若干傷付き、訊いた。

「だって……」

「カリンちゃん、照乃のこと好きなんでしょ？」

だったら良いじゃん。という私の言葉に、カリンちゃんは少しだけあとずさった。そして、踵を返すと鳥居のほうへと走り出した。

足音が小さくなってゆく中、私はひとり、暗い神社の闇に取り残される。カリンちゃんの触れていたほうの頬が、じんじんと冷たかった。

それからカリンちゃんは私の教室に迎えに来なくなった。

私も義春君のところには行かなくなった。給食費を払っていない子どもである私は、相変わらずクラスの子たちからはいないものとして扱われる。

冬休みは母親の機嫌が良く、比較的楽に過ごせた。男からもらったお金でガス代も払えたらしく、お風呂にも三日に一度くらいは入れた。このころになってやっと、母親は私の持ち物が増えていることに気付く。

「どうしたの、これ」

引き出しの中に入っていた髪飾りやまだ新しい下着を見付け、訊かれた。

「もらったの」

「誰に」

「お友達」

「……男？」

「うん」

引っ叩かれるかな、と思った。しかし私の答えに母親は「あらそう」と嬉しそうに笑ったのだった。

「こんな小物じゃなくて、お洋服買ってもらってきてよ。冬のコートとか羽織《はお》るものとか、もう去年のじゃ小さくて着られないでしょ」

母親は引き出しの中からしわくちゃになったおとしのジャンパーを取り出し、私に見せた。袖を通すと、たしかに袖も裾も短すぎてみっともなかった。だけど義春君とは。

「……もう、会わないって言っちゃったから」

小さな声で答えたら、母親は「はぁ!?」と言って顔を顰め、私の頬を指先で摑んで捻りあげた。

「何してんの、もったいない」

「ごめんなさい」

「あんたもう十歳だよね？　自分の稼ぎくらい自分でなんとかできる年だよね？」

「ごめんなさい、ごめんなさい」

たしか日本の法律ではなんともできない年のはずだが、昨日母親がテレビで見ていたドキュメンタリー番組では、フィリピンに住む私よりもずっと小さな子どもたちが、物《もの》乞《ご》いをしたりスモーキーマウンテンからゴミを拾って売っていたり日本人の男相手に客を取っていたり、たくましく自活している様が描かれていた。おそらくそれに影響されて言っているのだろう。

彼女の言うこともっともかもしれない、と頬を殴打されながら思う。生まれた国が違えば、私は今の時点で間違いなく売春婦になっていたはずだ。知らず知らずのうちに、日本に生まれた、ということに甘えていたのかもしれない。

「ほら、今からその男のところに行っておいで」

母親は私の腕を掴んで玄関まで引き摺ってゆくと、ドアを開いて外に放り出した。つづいて履き古した運動靴が飛び出してきて、目の前でドアが閉まる。

お正月を少し過ぎたばかりの野外は、とてつもなく寒かった。穴の空いた靴下の上に運動靴をつっかけて私はアパートの外階段を下りる。身体を縮め、小さなジャンパーの中に籠《こ》もった熱をなるべく逃がさないようにして。

あの神社で別れた日以来、義春君とは会っていない。カリンちゃんは学校が同じなのでときどき顔を合わせるが、それでも向こうが目を逸らす。

カリンちゃんに会いたい、と思った。今更もう遅いかもしれないけど、いきなりくちづけたことを、謝って許してもらいたい。そして私がパンツを売った日みたいに、抱きしめて頭を撫でてほしい。

気付けば私はカリンちゃんたちの住むアパートの前まで来ていた。夕方の灰色の空からは塵《ちり》のように小さな雪の欠片がちらほらと落ちてきている。

ドアの向こうからは、カリンちゃんとおそらく母親と思われる女の人の、言い争う声が聞こえてきていた。内容までは判らないけど、カリンちゃんは彼女の言うことに反論して怒鳴り散らしている。

ドアを叩いて、カリンちゃん、と声をかけたら彼女は出てきてくれるだろうか。

そう思う間もなく、向こう側からドアが開いた。心臓が跳ねあがる。呼吸が止まる。

「あら、カリンの友達？」

ドアの向こうから出てきた、うちの母親よりも化粧の濃い女が、足を竦《すく》ませて震える私に声をかけた。

「友達なんてこねえよ！　誰だよ！　ほっとけよ！」

部屋の奥からカリンちゃんがドスドスと足音を立てて現れる。

「あらやだ、雪降ってんの、やあねえ」

私の髪の毛の上に微かに残った雪の欠片を見て、女は顔を顰めて玄関の傘立ての中から青いビニール傘を取りあげる。そして、私に向き直ると言った。

「遊びに来たんでしょ、あがっていきなよ」

カリンちゃんは私の姿を凝視したまま、何も言わない。女が背中を押し、私は玄関の中につんのめるようにして入った。背後でドアが閉まる。

「……義春君は？」

「今いない」

溜息をついたあと、カリンちゃんは「あがりなよ」と言った。

「ごめんね、カリンちゃん」

私はその場に立ち尽くしたまま、言った。

「もういいから、あがりなよ。コタツ入ってるから」

カリンちゃんは私の冷え切った手を取って握った。その手のひらが柔かくて、温かくて、優しくて、私はその場で蹲り、呻くようにして泣いた。

4話

女に生んでやったこと、綺麗《きれい》な顔に生んでやったことを感謝しろ、と母親は言う。女は男に媚《こ》びてさえいれば生きていられる。労働などせずとも男に寄生してさえいれば生きてゆける。

物心ついたころから聞かされつづけていた母親の持論である。私が十二歳になったとき、母親は三十三歳だった。これがまだ二十代のころならその言葉にも説得力があった。しかし彼女の目元には、どんなに高い化粧品を使っても消しきれぬ細かな皺《しわ》が刻まれていたし、塗装のようなファンデーションを落とすと、頰《ほお》にはいくつもの染みが浮いていた。

男に寄生しながら生きてゆけると言い切るならば、少しはその男との関係をつづかせてほしいものだ。そして子どもにかけられるお金が回ってくるまで充分な金を引き出してほしい。

相変わらず狭くて汚いアパートで、私はバカみたいに着飾って酒臭くなった母親が帰ってくるのを、待つ。

カリンちゃんから一年遅れて、私は中学生になった。かろうじて制服は買ってもらえた。靴《くつ》や鞄《かばん》も買ってもらえた。

「だっさい制服」

入学式の朝、やはりバカみたいに着飾った母親は私の姿を見て吐き捨てた。正直あんたのほうがダサいよ、とは言えなかった。どういう風の吹き回しか、彼女は入学式に来るのだという。

「スカートの丈、あと三十センチ詰めなさいよ。あとブレザーも腰のあたり絞《しぼ》ったらもっと可愛《かわい》く見えるから」

母親は鏡の前で私の制服をあれこれ弄《いじ》りながら言う。私は答える。

「そんなことしたら先輩に目つけられちゃう」

「でも先輩に仲良くしてる人いるんでしょ？　なんて言ったっけ？　ほら、暴走族の妹」

「カリンちゃん」

「そうそう、その子。なら大丈夫じゃないの？」

派閥《はばつ》とかいろいろあるんだよ、と言いたかったのだが、あれこれ口答えするとほっぺたを真っ赤にして入学式に出る羽目になるので、「そうだね」とだけ答えて私は玄関でカリンちゃんのお下がりの、少し汚れた白い運動靴に足を差し入れた。

カリンちゃんの兄である義春《よしはる》君は、地元でも結構大きな暴走族に所属するようになっていた。将来はどこかの組の構成員になるコースまっしぐらだ。カリンちゃんもときどき義春君と一緒に「集会」へ行っている。ただし、彼女は私のことは絶対に誘わなかった。

――粕谷《かすや》は可愛いから、ソッコー先輩たちにヤられちゃうよ。

というのが、その理由だ。それ以前に、カリンちゃんは私のことが好きなので、ほかの男に取られたくない、というのが第一の理由だと思う。

小学校四年の寒い季節、私はカリンちゃんとキスをした。真淳《まじゅん》ちゃん以外の人とキスをすることになるとしたら、相手は男だろうと思っていた。しかし、相手は女だった。

カリンちゃんと二度目のキスをしたとき、もう戻れないな、と思った。十年しか生きていない子どもが何を判《わか》ったふうなことを言う、と大人は鼻で笑うだろう。しかし生まれて十年、否、生まれた瞬間に人生が決まってしまう子どもなど山ほどいる。私が良い例だ。

下半身をはじめ何もかもにだらしない母親から生まれ、満足に食事もできず、ガスも電気も止まった家で母親が帰ってくるのを待つ。そんな子どもはおそらく私以外にもたくさんいる。昔は私だけなんじゃなかろうかと思っていたが、「集会」とやらに出ているカリンちゃんの話を聞いている限りでは、私なんかまだ恵まれてるんじゃないかと思うような人たちがたくさんいるそうだ。

吹き溜《だ》まりだから、と、その人たちのことを話すとき、カリンちゃんは掠《かす》れた声で笑う。

私が吹き溜まりに渦巻く塵《ちり》のひとつにならないでいられるのは、きっとカリンちゃんがいたから。

「もう中学生ねえ。早いわよねえ」

などと他人事《ひとごと》みたいに言う母親のおかげでは、決してない。

思っていたとおり、私は多田《ただ》カリンの妹分、という立場で学校生活を始めることになった。つぎはぎみたいな修繕《しゅうぜん》の施《ほどこ》された古い中学校の校舎に、さまざまな家庭の事情を抱え、さまざまな頭脳を持つ子どもたちが集う。

ひと学年はぜんぶで四クラス。各クラスにはだいたいひとりかふたり、不良になりそうな要素を持つ子どもが存在する。その中でもとりわけ目を付けられているのは私だった。別に私そのものが不良というわけでもないのに、教師たちは私をはなっから不良と決め付けた。なんとなくその下衆《げす》な期待に応えないのも悪い気がして、入学して一週間経《た》ったころ、カリンちゃんの家で髪の毛を染めてみた。

狭い風呂場でゴミ袋をかぶった私の髪の毛に染料の薬液を塗りながら、カリンちゃんは「もったいない」と言った。

「だって、先生が照乃《あきの》のこと、不良だと思ってるし」

「担任あれでしょ、安永《やすなが》でしょ」

「うん」

「根性悪いんだよね。ちょっとでも気に入らない子どもがいると、徹底《てってい》的に叩《たた》くの。うちの兄ちゃんもそうだった。あいつのおかげで兄ちゃん、グレたみたいなもんだし」

「そうなんだ」

「うん。だから粕谷まであいつのせいで不良にならなくても良いのに」

それでもカリンちゃんは慣れた手つきで私の髪の毛を染めてゆく。二時間後、薬剤を洗い落とすと長い髪の毛はもともとの髪の色のせいもあるのか、ちょっとくすんだ苔《こけ》みたいな色の混じる茶色に変わっていた。なお、カリンちゃんの頭は私の何倍も派手な、オレンジっぽい金髪だ。根元まできちんと手入れされていて、みっともないプリンみたくなってない。

「あ、意外と似合う」

古い鏡台の全身鏡に映った私を見て、カリンちゃんは驚いたように言った。

「うん、似合う。ありがと、カリンちゃん」

お礼を言うと、カリンちゃんは染めたばかりの私の頭を摑《つか》み、唇を重ねてきた。何度重ねても、ぎこちない。それはまだカリンちゃんに罪悪感みたいなものが残っている証拠だと思う。

唇を重ねる以上のことは、ない。

「遠くへ行かないでね、粕谷」

手を握り、おでこをくっつけ、カリンちゃんは言う。むしろ私は遠くへ行きたいと願っているが、そばにいてね、というカリンちゃんの言葉には、頷《うなず》くしかない。遠くへなんか、行けない。私は真淳ちゃんの住んでいる世界には、きっと永遠に行けないのだ。

私が中学生になったので、真淳ちゃんも中学生になっているはずだ。ひと夏しか一緒に過ごせなかった、良いおうちの、可愛い子。

彼女はどんな制服を着ているのだろう、と、自分の制服姿を鏡に映して夢想する。五月の連休明けに私は制服を改造し、スカートをうんと短くしてダーツを縫《ぬ》い合わせ、ブレザーの腰をうんと細くして丈を少しだけ詰めた。私の脚は綺麗な形をしているので、スカートは長くするより短くしたほうが良い、という母親の助言に従った結果である。

「髪の毛ももっと明るくすれば良いのに。なんでそんな地味な色にしてるの？」

それが中学生の娘に向かって言う言葉か、と思ったが、やはり私は反論できず、「この色が好きだから」と答えた。厳密に言えば私が好きなわけではなく、カリンちゃんの趣味だ。

しかし六月に入ってしばらくののち、母親にとんでもない告白をされた。いつもどおり深夜に帰ってきた母は、腹が減りすぎて眠れずにただ横たわって目を閉じていた私を叩き起こし、叫ぶように言った。

「照乃、夏には引っ越すわよ！」

「……は？」

「あたし結婚するの！　照乃も連れてきて良いって言ってくれてるし、今度のおうちは豪邸よ、嬉《うれ》しいでしょ！」

「……」

呆《あき》れているのか驚いているのか自分でも判断がつかない。頭も朦朧《もうろう》としていたし、とりあえずなんて答えれば良いのかまったく判らなかった。どうせまた母親はどこかの男に騙《だま》されてる。そうとしか思えなかったからだ。仕方なく私は布団から起きあがり、尋《たず》ねる。

「……いつから付き合ってる人？」

「二ヶ月前！　もうすっごい優しくて、あんな人初めてなの。あたしが子持ちでもぜんぜん構わないって！　すごくない!?」

バカじゃなかろうか。騙されてるに決まってる。

溜息《ためいき》をついたと同時に、待てよ、と思う。この頭の弱い、しかも金もない三十女を騙す目的はなんだろう。電気が来ているときだけ見られるテレビドラマなんかではよく、男は「どうしても金が必要で」とかなんとか言って女から金を引き出す。女は男を愛しているから、売春したり借金したりして、お金を作って男に貢ぐ。私の母親に限っては、絶対にそんなことをしないタイプだ。金が必要だなんて言われたら速攻で男を切り捨てる。金のない男になど用はない。そういうタイプだ。

「豪邸って言った？」

「そう、外から見ただけなんだけど、向こうの子どもに許可とって今度ご招待してくれるって」

「子どもいんの？」

「前の奥さんの子ども。元奥さんがすごい美人だったんだって。あー、息子もいい男だと良いなー。いい男だったら芸能人にしようっと。そしたらボロ儲《もう》けできるよね？」

……バカ！　ほんとうに呆れるくらいバカ！　もう何も言う気になれず、私は「ママ、照乃眠い」と言って布団に再びもぐり込んだ。母親は上機嫌で「おやすみ」と歌うように言った。

カリンちゃんには言えなかった。カリンちゃんの父親は、以前一度入院し、退院したあと再び入院した先の病院で亡くなった。子どもだった私たちにはその原因は判らないけれど、たぶん飲酒が原因の何かの病気だ。

以来、カリンちゃんのお母さんは夜のお仕事のほかに昼間はスーパーでも働くようになった。お店で廃棄になるお惣菜《そうざい》をもらってアパートへ帰ってきたあと、慌《あわただ》しくお化粧をして出てゆく。私はよくカリンちゃんのおうちに行くので、その現場に何度か遭遇している。

——粕谷、ちゃんとご飯食べな。あんた痩《や》せすぎだよ。

そう言ってコタツ（夏場は布団がかかってない）の上に惣菜のパックを並べるカリンちゃんのお母さんは、母親という人種の鑑《かがみ》だよなあ、と思う。私の母親とは大違いだ。

「カリンちゃん、不良なんてお金かかることやめれば良いのに。義春君も」

玄関から慌しく出て行ったカリンちゃんのお母さんの、きつい香水の匂《にお》いが風に乗って部屋まで漂《ただよ》ってくる。

「母ちゃんも同じだったみたいよ。中学からぐれて墨《すみ》とか入れてたけど祖母ちゃんひとりで何も言わずに育ててくれたって。だからあたしも母親になったらそうするんだ」

カリンちゃんはコタツの前で膝《ひざ》を立て、細いメンソールの煙草《たばこ》に火をつける。母親になったら、という言葉にそれほど驚かなかった自分がいた。カリンちゃんも自分が何を言ったのか気付いていない。

私たちの関係は、永遠ではない。

彼女の言葉はそれを意味しているというのに。私はカリンちゃんが吸っている煙草に手を伸ばす。吸い口が薄いピンク色に染まっているそれを奪おうとしたら、抗われた。

「粕谷は吸っちゃダメ」

「なんで」

「粕谷にはそういうふうになってほしくない」

「ズルいよ、カリンちゃん」

私もカリンちゃんと同じところにいたいのに。

母親は、どうやら本気でその豪邸に移り住む気らしい。大人は付き合って二ヶ月で相手がどんな人なのか判るものなのだろうか。私は以前カリンちゃんの兄の義春君と三ヶ月くらいお付き合いの真似事《まねごと》をしたけど、義春君のことなんてぜんぜん判らなかった。

あの日以来、あまりにも母親が上機嫌でその男の話ばかりするので（相変わらず食生活は貧しいけど）、なんだか私まで一緒になって夢を見てしまっている。豪邸、という私たち親子にはひどく縁遠い言葉。相手の男はきっとお金持ちに違いない。夢なんて見たって意味ないのに、今まで何度も踏み潰《つぶ》されてきているのに、お金持ちになれるかもしれない、という夢は、私にとってひとつ重要な意味を持っている。

真淳ちゃんの住んでいる世界に、私も行くことができるかもしれない、という。

同じ団地に住んではいたが、真淳ちゃんが住んでいた棟は「社宅」と呼ばれ、新しい五階建てで大きな会社に勤めている「立派な人」が住むところだった。対して、私と母親が住んでいたところは「市営」と呼ばれ、ボロい二階建てで周りは私と母親ほどではないがおしなべて貧乏な人たちばかりだった。中央の大きな公園を境に、私たちの住む世界はくっきりと分けられていた。

真淳ちゃんの住む世界に、行けるかもしれない。

カリンちゃんと同じところにいるということは、そんな無駄な夢を見ないようにするための唯一《ゆいいつ》の手だてだった。つやつやとした唇から吐《は》き出される白い煙越しに、私はカリンちゃんの顔を見つめる。カリンちゃんは視線に気付き、「食べなよ」とコタツの上の惣菜を顎《あご》で示す。

「ありがと」

私は剝《は》げた塗り箸《ばし》を手に取り、冷めたお惣菜をつまむ。

夏休みに入った次の日に私は母親の恋人と引き合わされることになった。

本当の話だったんだ、と予定を聞いたときは若干驚いた。今まで母親は家に男を連れてこなかったし（部屋が汚すぎて連れてこられない）、私も一度だって彼女の恋人に会ったことはない。そういう意味では、カリンちゃんが集会でつるんでいるような「見付けてもらえない子ども」の中でも意外と私の生活環境はマシなほうなのかもしれないと思った。テレビのニュースの中では子どものいる女が新しい恋人を家に連れ込んで、その子どもが殺されたり犯されたりしている。私は常に飢餓《きが》状態だったが、知らない男に折檻《せっかん》されたりするようなことはなかった。

「中学生！　って感じの服が良いよね、どれにしようか」

終業式が終わって家に帰ったあと、私は近くのショッピングセンターに連れてゆかれ、母親が服を選んでいるのを傍らで見ていた。私が今着ている服は、ほぼぜんぶカリンちゃんとカリンちゃんのお母さんのお下がりだ。

やはりズレている、と母親の服のセレクトを見て思った。普通に考えればネイビーのワンピースに白い靴下なんかを選ぶだろう。しかし彼女が選んだ服は、ものすごいミニスカートに、露出《ろしゅつ》の激しいキャミソールに、蛍光色のビニールのサンダルだった。ネイルサロンにまで連れてゆかれ、爪《つめ》をラメ入りのアイボリーに塗られた。

「ねえママ、本当にこれで良いの？　相手の人お金持ちなんでしょう？」

家に帰って買った服を身に纏《まと》い、鏡に映したらものすごく不安になった。

「うん、可愛いじゃない。あのね、付け焼刃って結局ばれるのよ。あたしの娘なんだからお嬢さんぶったってどうせすぐばれるわよ。ああー、ほんとうにあんたは顔が綺麗で良かった。お願いだから顔だけは殴られないでね」

いつも自分で思う存分殴っていたくせに何をほざく、という抗議は喉《のど》の奥で呑《の》み込んで、やはり私は頷くしかない。母親は「じゃあねー」と言って鼻歌を歌いながら部屋を出て行った。今は電気が止められていないので、冷蔵庫が使える。私はいつか拾った五百円で買った、冷凍庫に入っていたうどんを茹《ゆ》でてしょうゆをかけて食べた。食べたあと、鞄から「夏休みの宿題」セットを取り出した。

勉強をする意義は相変わらず見出《みいだ》せないけれど、勉強が嫌いなわけではない。教科書によれば人間は昔は猿だったのだそうだ。猿が繁殖をつづけ、やがて人間になる。繁殖、つまり猿のオスとメスが交尾を繰り返した結果、今の私たちがある。

——私もいずれ、「繁殖」するのかな。

カリンちゃんの鉄壁のガードによって、私には男子が寄り付かない。女子も寄り付かないけど。でもカリンちゃんは自分が言ったとおり、いずれ子どもを産むだろう。そしてカリンちゃんのお母さんみたいに、その子どもを育てるだろう。

私には自分のそういう姿を、想像することができなかった。もしかして、母親が言うとおり、彼女の恋人がそれはそれは素晴らしい男だったとして、万が一私のお父さんになったりして、今後素晴らしい育て方をしてくれたりした場合、私にも男への興味が湧《わ》くかもしれない。でもそれは果てしなくありえない。あの母親と結婚するとか言ってる男がまともなわけがない。

すべては、明日、判ることだけれど。私は教科書の上に顔を埋める。夢を見ちゃいけない。期待なんかするだけ無駄。そう言い聞かせ、紙の匂いをかぐ。

その家は本当にビックリするくらいの豪邸だった。否、私は「豪邸」がどういうものか知らないので、普通の一戸建てだったらぜんぶ豪邸に見えるのだけど、その一戸建ては明らかに大きな家だった。そもそも、家の建っている町が信じられないくらい綺麗だ。そしてどの家も大きく、門と庭がある。

広くて天井の高いその家のリビングに通され、母親はおおはしゃぎだった。

「照乃、この人がお父さんになる隆宗《たかむね》さん」

紹介された男は、デブで禿《は》げていた。年齢もおそらく母親よりひと回りは上だろう。お世辞にもかっこいいとは言えなかった。母親が「いい男だったら芸能界に入れる」などと言っていた息子の姿はない（父親の容姿からしてまあまず無理だろう）。母親も同じことを思ったらしく、尋ねる。

「息子さんは？」

「ああ、部屋にいるんじゃないかな」

男は目を泳がせ、答えた。そして何故《なぜ》か私を見ると、不自然な笑顔を浮かべ、言った。

「照乃ちゃんが呼びにいってくれたら、もしかしたら出てくるかもしれないな」

「……は？」

「じゃあ照乃、呼びにいってよ。隆宗さん、息子さんのお部屋は？」

私が抗議の声をあげる間もなく（そもそも母親に抗議はできないし）、男は「二階にあがって左に曲がって一番奥の部屋」と答えた。さあ早く、と母親は、リビングからなだらかに延びる二階へのサーキュラー階段へ私を急《せ》かす。

鉛みたいに重い足で階段を上った。階下では母と男が身を寄せ合って笑っている。大人の都合が悪いとき、いつも使われて犠牲《ぎせい》になるのは子どもだ。階段を上って左に曲がり、更に右に曲がると「一番奥の部屋」があった。躊躇《ためら》う時間が惜しかったので私は扉を叩いた。

「すみません、出てきてもらえませんか」

返事はない。だいたい事情が判った。これはあれだ。引きこもりというやつだ。面倒くさくなり私は乱暴にドアノブを回す。当然ながら鍵《かぎ》がかかっている。

「……誰？」

ガチャガチャと乱暴にドアノブを引っ張っていたら、中から声が聞こえてきた。

「あなたのお父さんが再婚するつもりらしい相手の女の娘です」

しばらくの沈黙ののち、施錠《せじょう》が解かれた。そして細く開いた扉の向こうから手が伸びてきて私の腕を摑んだ。ひっ、という声にならない悲鳴と共に私は部屋の中に引っ張り込まれる。

たすけて、と声をあげる前に私は閉まった扉に押し付けられ首を絞《し》められていた。

「……この家の娘はあたしひとりで充分なのよ」

確実に声変わりを終えている声で、その「息子」は言った。霞《かす》んでゆく視界に映るその「息子」は、赤い女物の下着をつけ、その上にシースルーのびらびらしたワンピースを纏い、金髪のかつらを被《かぶ》っていた。顔も体型もさっき見た父親そっくりだった。

女の格好をしているが、確実に男だ。そして年上の男の力で首を絞められつづけたら確実に死ぬ。私はカリンちゃんに教えてもらった護身術を朦朧とする意識の中で必死に思い出し、渾身《こんしん》の力で息子の股間《こかん》を蹴《け》りあげた。そして拳《こぶし》を握り、顎の下を殴りつけた。ぐっ、という鈍い声をあげて息子はその場に蹲《うずくま》る。その隙《すき》に扉を開けて外に出た。

階段を駆け下りると母親と男はリビングから庭に出ている。むしろ好都合だと思い、そのまま玄関まで向かい、サンダルを履《は》いて外へ出た。走り出す前から、心臓が痛いほどだった。

その屋敷を出てすぐ、私は広くて大きな公園へ迷い込んだ。どことなくあの団地の中央の公園に似ている。池があって、木々が鬱蒼《うっそう》としていて。

普段の三倍くらいになっている鼓動を落ち着かせるため、私は大きな木に凭《もた》れかかり折り重なる葉のあいだから空を眺めあげた。薄い水色の空は葉のあいだからだと白く見える。

母親には逆らえない。今みたいに機嫌の良いときでも、何か一言でも彼女の気持ちにそぐわない発言をすれば私はまた殴られ髪を毟《むし》られ食事を与えられなくなる。

それでも、あの屋敷で暮らすのは無理だと思った。あれは本気の殺意だった。どうやって逃れようか、私ひとりであの町に残るのは不可能だろうか。中学を卒業したと同時に働くことを条件に、二年と少しカリンちゃんの家に住まわせてもらうことはできないだろうか。

鼓動が治まってきたころ、私は歩き始めた。少しでもあの屋敷から離れたかった。

池の周りには点々とベンチが配置されている。まだ日の落ちる前だというのに、そこかしこで男女が身体《からだ》を寄せ合い、キスをしたりもうそれ入ってるんじゃないのと思うようなことをしている。

恋人の子どもが息子、という話を聞いたとき、万が一本当に一緒に暮らすことになったらなんらかの性的被害《ひがい》は受けるだろうと思っていた。むしろ私の生活環境で今までそういったことから逃れられてきたのは奇跡だと思う。しかしあのパターンはまったくの想定外だった。十二歳の私はほかの十二歳の子どもより少しは多くのことを経験していると思っていたが、まだ未知なる世界があったのだ。

アテもなく歩いていたら、若い男と若い女の言い争う声が聞こえてきた。痴話喧嘩《ちわげんか》にしては声が幼すぎる。茂《しげ》みの陰に隠れたベンチを覗《のぞ》くと、若い男女が言い争っていた。正しく言えば男が女に襲い掛かろうとして女が抗っていた。

さっき自分の身に降りかかった恐怖が蘇《よみがえ》る。

気付いたら私は、声を発していた。

「やめなよ、その子嫌《いや》がってるじゃん」

同時にこちらを振り向いた男女は私が思っていた以上に若かった。というよりも、おそらく私と同い年くらいだ。ここにも神様に見付けてもらえない子どもが、と女の子のほうの顔を見て、私は懐かしい、けれど一日たりとも忘れたことのない愛しい顔を思い出す。

——真淳ちゃんに似てる。

きっと今ごろ真淳ちゃんはこんなふうに、可愛らしく穢《けが》れのない目をしたお嬢さんに育っているだろう。

しかし二秒くらいののち、その女の子は信じられないことを言った。

「……照乃ちゃん？」

「……」

何を聞いたのか判らなかった。しかし女の子の口から零《こぼ》れ出たのは間違いなく私の名前だ。

――まさか。そんなことが。

女の子は黒く大きな瞳で私を見つめる。空気も言葉も停滞しているその場所に少し強い風が吹く。私の服の裾《すそ》を揺らす。真淳ちゃん、と答えたかった。けれど、できなかった。

私と真淳ちゃんは、別の世界に生きている。真淳ちゃんの身なりは本当にきちんとしたお嬢さんだった。それに比べて今の私の滑稽《こっけい》なくらい品のない格好。

「照乃ちゃん？」

真淳ちゃんは再び私の名を呼ぶ。何も言葉を発することができず、私は踵《きびす》を返した。ヒールの付いたサンダルででこぼこな公園の地面を走るのは困難だったが、それでも私はとにかく、真淳ちゃんから逃げなければ、と思って必死に足を前に進めた。

私、真淳ちゃんに何を望んでいたのだろう。

少し意地悪な気持ちで、私の存在するところまで堕《お》ちていてほしいとでも思っていたのだろうか。それとも、男の子などと口をきくことなく永遠に穢れのない可愛い幼児でいてほしいとでも思っていたのだろうか。

照乃ちゃん待って、という声が聞こえた気がした。それでも私は足を止めなかった。

私と真淳ちゃんの生きている世界は、こんなにも違う。

でも、私と真淳ちゃんは、同じ場所に生きていた。

悲しくて、嬉しくて、寂《さび》しくて、それでも嬉しくて、滲《にじ》み出た涙がこめかみのほうに伝っていって髪の毛を濡《ぬ》らした。

私が女装の息子に首を絞められて死にかけたことは、様子を見る限り母親には伝わっていなかった。そして母親はバカだが、あるところでは賢明だった。

私があの家を訪れた二週間後、彼女とあの男は本当に婚姻届《こんいんとどけ》を出した。ただし、母親はその事実を近所の誰にも伝えなかった。

「だってお金持ちと結婚することになったなんて知られたら、嫉妬《しっと》深い人に何されるか判らないでしょ」

彼女は散らかりきった部屋の中にあったものすべてを、躊躇《ちゅうちょ》なくゴミ袋に突っ込みながら言う。古い服も新しい服も、弁当の空き箱も酒瓶も、安物のアクセサリーもティファニーとロゴの入った箱に入った何かも、ぜんぶ同じゴミ袋に捨ててゆく。私もその作業を手伝いながら、尋ねた。

「照乃の学校はどうなるの？」

「行かなくても良いんじゃない？　だってお金あるから勉強なんかしなくても一生食べていけるし」

「ママ、照乃こないだテレビで見たんだけど、中学生は学校に行かなきゃいけないって法律で決まってるんだって」

「知ってるわよ。隆宗さんは照乃のこと、中園《なかぞの》女子ってワタクシリツの学校に入れたいって言ってた。制服がねえ、すっごく可愛いの！」

ワタクシリツ、という言葉は聞いたことがあった。でもそれが自分に縁のあるものとは思ってなかった。もっと言えば、母親が結婚するだなんて、思ってもいなかった。この先一生男と喧嘩するたびに殴られる日々がつづくと思っていた。

あの家には、行きたくない。正直なところ、父親になる男も、息子も、気持ち悪すぎる。

でも、あの町には真淳ちゃんがいた。それだけで私の「イヤだ」という気持ちは半減し、引越しが少しだけ待ち遠しくもあった。会ったらまた逃げることになるかもしれないけれど、それでもあの町には真淳ちゃんがいる。

ゴミ袋が何個になったのか判らない。布団までゴミ袋に入れてしまったので、その夜は床で寝るしかなかったのだが、改めて眺めると部屋の広さに驚いた。六畳って、こんなに広かったんだ。

夕飯のカップラーメンを食べたあと、母親は「疲れた」と言って早々に寝てしまった。私は彼女を起こさぬようそっと家を出て、カリンちゃんのアパートへ向かった。夏の夜の匂いは、あのお祭りの夜の日に似ていた。どこかから聞こえてくるテレビの音。誰かが喧嘩している声。遠くで吠《ほ》える犬。何も変わらない。

「入りなよ」

そう言うカリンちゃんのアパートからは煙草と香水の匂いが、玄関の外まで流れ出てくる。

「ううん、ここで良い、すぐ帰るから」

「どうしたの」

「眠れなくて、カリンちゃんの顔が見たかったの」

カリンちゃん。この世界で私を救ってくれた唯一の人。出会った当時からだいぶ大人びた彼女の美しい顔を見つめる。この人に心から縋《すが》ることができたら、私はどんなに楽だったろう。

「なんかあった？　また母ちゃんに殴られた？」

「ううん、最近あの人ご機嫌だから」

「そっか、良かったね」

「カリンちゃん」

「うん？」

「ありがとね」

怪訝《けげん》そうな顔をしてカリンちゃんは私を見た。でもそれ以上は追及してこなかった。ちょっとした情緒不安定だとでも思っているのかもしれない。そのほうが良かった。少し喋《しゃべ》ったら、遠くへ行くと話してしまいそうだった。

——遠くへ行かないでね、粕谷。

いつかカリンちゃんはくちづけて私に言った。私も頷いた。でも、今日で、お別れ。明日になれば私はあの屋敷へ移り住む。誰にも何も知られずに、この町では夜逃げした貧乏な家の子どもとして、一日くらいは話題になるだろう。

じゃあね、バイバイ、カリンちゃん。

うん、おやすみね。

私のうしろ姿を確認したあと、カリンちゃんは扉を閉める。私は閉じられた扉を振り返る。

バイバイ、カリンちゃん。

心の中で、もう一度言った。そして私は母親の眠る部屋へと、サンダルを引き摺《ず》りながら、戻る。

5話

夜中に爪を切ると、盲目になるって言い伝えがあるけど。

いっそ言い伝えが本当だったら良かったのに。

そしたらあなたに気付くこともなく、しおれたシロツメクサみたいに忘れられていたかもしれないのに。


中園女子は中高一貫で、偏差値が高いため大学への推薦枠《すいせんわく》も結構多い、という話だった。東京の武蔵野《むさしの》地域にあり、登校時刻と下校時刻には駅からバスが出ている。私の家からは頑張れば自転車で行けるのだが、毎日頑張るには遠すぎたし、そもそも自転車通学が許可されていなかった。

受験の日、東京にも雪が降った。一日早く受験を終えた奥井《おくい》からガンバレよの激励《げきれい》を受け、私と万里江《まりえ》は夏休みに一度だけ見学に行った中園女子へ向かった。溶けかけたシャーベット状の雪は容赦《ようしゃ》なく運動靴の中まで浸入し、柔かな私たちの足を凍えさせた。

高等部からの外部入学定員二十名に対し、受験生は百人以上いたように思う。

筆記試験に、私は合格した。万里江も合格した。

筆記に受かった生徒には両親の面接試験があった。これにも私は合格した。しかし、万里江はここで不合格になった。

私の父親は一部上場企業の部長で母親は専業主婦、万里江は地元の自営業の娘で、母親もすっぴんのまま作業着を着て働いている家だった。

「まあ、記念受験みたいなものだったし」

合否の通知が来た日、万里江は笑いながら言った。私は返す言葉を見付けることができなかった。何を言っても薄っぺらく、うそ臭くなりそうで。

三年間、幸運なことに私は万里江と同じクラスだった。三年間、ずっと「親友」だった。当たり前のように同じ高校に行くものだと思っていた。けれど万里江は、滑《すべ》り止めとして受けていた都立高校の生徒として、四月から少し遠い駅まで通うことになったのだ。

「わたし、まーじゅとはずっと友達でいたい」

卒業式の日、少しだけ目を赤くして万里江は言った。二月よりは確実に少しだけ暖かくなった三月のはじめ、桜の気配はなく、空は薄い灰色だった。

「うん、私もずっと万里江と友達でいたい」

私はまだ子どもで、永遠の友情は存在すると信じていた。万里江は、もしかしたら私より少しだけ大人で、もしかしたらそんなものは存在しないと知っていたのかもしれない。それでも、そのさだめに抗うために、私に「ずっと友達でいたい」と言ったのかもしれない。

「月に一度は、必ず会おう」

「うん」

「ケータイ、買ってもらったら一番に教えてね」

「うん、万里江もね」

小学校の卒業式は、悲しいだなんて思わなかった。ここよりも少し広い世界に出てゆけると、それまでいた狭くて息苦しいところから解放されると、喜んでいたように思う。

でも、中学校の卒業式は、悲しかった。たぶんもう一生来ることのない校舎に背を向け、家へ帰る。校舎、校門が遠くなる。永遠の友情は存在すると信じていたのに、確実に背後へと流れ遠くなってゆく何かが、逃せば絶対に二度と摑むことはできないのだと勘付いていることが悲しかった。

けれど、そんな悲しさは一時的に、生温《なまぬる》い湯で薄めたように遠のいた。

——やっと、望んでいた場所に来ることができた。

入学式、体育館にずらりと並んだ百人を超える女子の列を見て思った。体育館は中学校のときのものと大して変わらない造りだ。大きさも、天井の高さも。しかしそれでもここは明らかにひろびろとしていた。そして空気の量が多かった。楽に呼吸ができる。

女生徒たちはみな同じいでたちで、内部進学の子たちはそばにいる仲の良い子とときどきくすくすと笑い声をあげながら、あまり楽しいとはいえない教師の話を聞いていた。

可愛い制服。アイボリーのブラウスの丸い襟《えり》の裏にボルドーのリボンタイを通し、上に羽織《はお》るブレザーは深い紺色《こんいろ》、ポケットには百合の紋章《もんしょう》に似たエンブレムが縫い付けられている。膝丈のスカートは私立の証とも言えるタータンチェックで、靴下はタイツかハイソックスのどちらかを選べたので、まだ寒いこの時期、私はタイツを穿《は》いている。

入学式が終わり、生徒たちが軽やかな足取りで長い髪を背に揺らしながらそれぞれの教室へと移動するさまは、風にそよぎ一斉《いっせい》に細い葉を震わせる菖蒲《しょうぶ》畑のようだった。幻の水面が揺れる。

天窓からは午前の強い日差しが落ち、彼女たちの髪の毛を茶色く透き通らせる。が、私のだいぶ前に歩いているとりわけ長い髪の印象的な子だけ、その髪が限りなく黒に近いが、緑っぽく光っていた。私がそれを見ながらぼんやりとひとり歩いていると、近くにいた女の子たちが同じ子を見ながら、囁《ささや》きあっていた。

「平田《ひらた》さんとうとう髪染めたんだね」

「え？　どこ？」

「ほら、なんか緑っぽくなってる。いきなり黒く染めると緑っぽくなるんだってママが言ってた」

そうなんだ、ともうひとりの子が感心したように答え、ふたりは風に擦《こす》れた桜の細枝のように微《かす》かな笑い声を立て、私よりも少しだけ早く校舎へと入っていった。

入学式には普通お母さんやお父さんが来る。でも私の母親は来なかった。人の多いところ、特に女の人が多く集まるところに、まだ出られない。私が幼稚園のころ、団地の社宅でお母さんはひどいいじめを受けていた。のちのち考えるとそれは彼女の選民思想による自業自得のような気もするのだが。

私の名は白川真淳《しらかわまじゅん》で苗字《みょうじ》が「さ行」なため、どこでも最初に定められる座席は比較的廊下に近い。全二十五人のクラスの中、私の座席は廊下から二列目の一番うしろだった。半分以上の生徒たちが既に席についており、内部の子たちは慣れた様子で、そしておそらく外部の子たちはぎこちなく、それぞれお喋りをしている。

「平田さん」は私の対角線上に座っていた。陽に透けると緑っぽくなる長い髪の毛しか見えないけれど、誰とも喋らず、彼女は片肘《かたひじ》をついて窓の外のほうを眺めている。内部の子なのに、お友達と一緒のクラスになれなかったのかな。

席の前と左右（一番うしろの列なので「後」はいない）は残念ながら三人とも内部進学の子たちだったので、私は話の輪に入れなかった。小鳥の囀《さえず》りのような柔かな喧騒《けんそう》の中、私は緑色に透ける髪の毛をぼんやりと眺めた。外部から来たと思われる子たちは、ちょっと気合が入りすぎているか、ちょっと野暮ったすぎるかどっちかだった。内部進学の子たちと比べるとすぐに判る。私はどう見えるのだろう、やっぱり野暮ったいのかな、と思っていたら。

「ねえ、どこから来たの？　外部だよね？」

と、右隣から声が聞こえた。一番廊下側で、前の座席の子とふたりでお喋りをしていた子が、くりくりとした丸い目を私に向けていた。ビックリするほど可愛い顔の子だった。前の座席の子も、同じような目をして私を見ていた。

「あ、××中学」

変な声にならないよう細心の注意を払い、私はぎこちないながらも笑顔を作り、答えた。

「えー、じゃあおうち近いの？」

「名前なんていうの？」

「白川真淳」

「可愛い名前！　いいなあ、私は鹿山《かやまち》千佳《か》」

「私、小山田《おやまだ》耀子《ようこ》、判らないことがあったら聞いてね。私たち持ちあがりだから」

鹿山千佳ちゃんのほうは、丸くて大きな目と、天然パーマと思われる柔かそうなウェーブの長い髪の毛が印象的な子で、小山田耀子ちゃんのほうは、ちょっと長い髪の毛を上のほうに結いあげて、目鼻立ちのくっきりした顔立ちの子だった。耀子ちゃんはなんとなく万里江に似ているな、と思って少しだけ胸が痛くなった。

少ししてから担任になる教師が教室に入ってきた。川村《かわむら》という三十代の、額が丸くて美しい女だった。担当は音楽だという。中等部も見ていたらしく、千佳ちゃんが「すごく良い先生なの。良かったね」と私に囁いて教えてくれた。

彼女は自己紹介をしたのちざっと教室を見回すと、言った。

「外部からの子も多いので、今日のうちに自己紹介をしてしまいましょう。先生も早く憶えてしまいたいから。下からあがってきた皆もちゃんと憶えるようにね」

はーい、とお行儀よく返事をする生徒たちが、私からしたら信じられなかった。あの共学の中学と比べるとここは異次元だ。

廊下側の一番前、朝倉《あさくら》さんという子から自己紹介は始まった。内部の子で、もういい加減最初に自己紹介をするのは飽きた、と言ってみんなを笑わせていた。

耀子ちゃんはバスケ部のエースだったらしい。千佳ちゃんも見かけによらずバスケ部で、しかし中等部のときはいつまで経っても試合には出られなかったらしく、いっそ高等部進学を機に茶道部にでも移ろうと思う、と言ったら、向こうのほうから「来るな見掛け倒し!」という声があがり、教室はどっと笑いに包まれた。

私の番が回ってきた。私に至るまで、外部からの子はひとりもいなかった。若干緊張しながら立ちあがり、教室を見渡す。ほかの子たちは全員私を見ているのに、「平田さん」だけは相変わらず片肘をついて外を眺めている。

「白川真淳です。えっと、××中学からきました」

そのとき、石像のようだった平田さんが、ゆっくりとこちらを振り向いた。

「……あっ」

思わず声が零れたのと同時に、川村先生の言葉が重なった。

「あなたが白川さんか。筆記試験、あなた点数トップだったのよ。みんなも負けないように頑張りなさいね」

うわー、すごーい。

ざわざわとした、でもくすみのない声がいろんな方向から私に投げかけられる。

平田さんはもう私を見ていない。外も見ていない、ただひたすら俯《うつむ》いて机を見ている。

椅子《いす》に座ったあとも動悸《どうき》は治まらなかった。一瞬だけ「平田さん」は私を見た。恐怖に強張《こわば》ったようなその青白い顔は、間違いなく照乃ちゃんのものだった。中学一年のとき、井《い》の頭《かしら》公園で偶然再会した。そのときからは少し大人びて頬が薄くなっていたけれど、平田さんは照乃ちゃんだ。

自己紹介が平田さんまでゆきつくまでが永遠みたいに思えた。

「……平田です」

緩慢《かんまん》な動作で立ちあがった平田さんは故意なのか、名前を言わなかった。しかし川村先生が言った。

「はい、平田照乃さん。今年はちゃんと学校来てね。来なかったら先生、家まで押しかちそれまで和《なご》やかだった教室。先生の声はおどけていた。それなのに誰も、笑わなかった。

ホームルームが終わったあと、千佳ちゃんたちが話しかけてくる前に、私は席を立ち「平田さん」の机に向かった。

「ねえ、照乃ちゃん、だよね？」

脇《わき》の下に汗がふき出す。やっと会えた、どういう経緯で彼女が東京の武蔵野に来たのかは判らないけれど、照乃ちゃんは私との再会に戸惑いながらも、「真淳ちゃん」と答えてくれる、はずだった。

しかしその瞬間、教室を包んでいた和やかな空気が凍りついた。凝固するさまは見えない、けれど感じる。

「……」

照乃ちゃんは無言で席を立ち、私を一瞥《いちべつ》することもなく教室を出てゆく。

全身で、私を拒絶していた。私だけでない、華奢《きゃしゃ》なうしろ姿はこの教室のすべてを拒絶しているように見えた。

「……白川さん、平田さんと知り合いなの？」

立ち尽くしている私に、耀子ちゃんが声をかけてきた。その声が好意的でないことは、ぼんやりとしていた私にも判った。

「たぶん……」

でも私が知っている照乃ちゃんの苗字はたしか「かすや」だった。

「仲良しなの？」

今度は千佳ちゃんがイヤそうな顔をして尋ねてきた。私は胸を押さえ逡巡《しゅんじゅん》した。中学一年の夏休み、私は人間関係を一度壊した。万里江と奥井がいてくれたからなんとかなったけれど、今、この学校に私の友達はいない。ここで人間関係を壊したら今度こそ確実に孤立する。

「人違い、かも。名前が同じでちょっと珍しかったから」

「そっか、なら良かったぁ」

千佳ちゃんはお花が咲いたような笑顔を浮かべ、私の手を取った。私は恐る恐る、

「……なんで？」と尋ねた。

「あの人の母親、すごくいかがわしいお仕事してた人なんだって」

「あの人、中等部の途中から編入してきたんだけど、お金目当てで再婚した母親の連れ

子なの。成績もすごく悪いから、白川さんが仲良くしてあげるような人じゃないよ」

「お父さんもちょっと変な仕事してる人なんだよね」

千佳ちゃんと耀子ちゃん以外にも、そばにいた女の子がふたり、会話に入ってきた。そして人懐っこい顔で私を見て言った。

「ねえ、可愛いね、白川さん」

「うん、ぜんぜん外部の子っぽくない。なんで中学からうちに来なかったの？」

ほかに数人いるであろうほかの外部入学の子たちが、私に羨《うらや》ましそうな目を向けている。話しかけてくれる内部の子、羨望《せんぼう》の眼差《まなざ》しを向ける外部の子。私は自分がこの学校に受け入れられたのを知った。そして受け入れられたことによって、照乃ちゃんと引き離されたこともまた、知らざるを得なかった。

平田さんはそのあとも教室に戻ってこず、お昼をすぎて下校の時間になった。「学校を案内してあげる」と誘ってくれる千佳ちゃんたちの申し出を「友達と約束がある」と断り、私は真っ先に保健室へ向かった。問題児が集まるのはえてして保健室だ。

「あら、新入生？　どうしたの？」

ノックしてから二秒ののちに扉を開けると、窓から差し込む正午の鮮やかな日差しを背にして、若くて髪の短い女の養護教諭が尋ねてきた。一瞬男の人かと思ったが、そのさっぱりとした顔には薄く化粧が施されており、美しかった。

「あ、あの、えっと」

私はどう尋ねたものか迷う。何を勘違いしたのか、その養護教諭はにっこりと笑うと立ちあがり、机の引き出しの中から折りたたんだハンカチサイズの小さな白い包みを取り出して差し出した。

「パンツは？　汚れてない？　一枚二百円だけど後払いで良いよ？」

違います、と言えずにそのまま彼女の手から生理用品を受け取る。まだ初潮、来てないのに。

ベッドのほうに目を向けると、ふたつ並んでいる窓側のベッドにはカーテンが引かれていた。

「汚れてないです、あの、おなか痛いんで休ませてもらって良いですか？」

「良いけど、一時間したら起きてくれる？　私帰っちゃうから」

私は頷き、保健室利用表に名前とクラスを書き込み、空いているほうのベッドのカーテンを引いた。ナプキンは真新しい通学鞄の内ポケットに突っ込む。眠気もないまま横になってからしばらくのの ち、教諭は保健室を出て行った。扉の閉まる音を聞いたあと、私は起きあがると反対側のベッドのカーテンをそっと分けた。

孔雀《くじやく》の羽みたいな髪の毛が目に入った。そして枕《まくら》に乗った細い象牙色《ぞうげいろ》の手指が軽く触れているその顔、長い睫毛《まつげ》。

……照乃ちゃん。

夢にまで見た大好きな女の子を前にして、背筋が震えるほど嬉しかった。大人っぽくなった。もう大人みたい。でも、薄っぺらくて折れてしまいそうな身体はあのころのまま。

思えば私は傲慢《ごうまん》な子どもだった。照乃ちゃんは私のことを憶えていると信じていた。忘れているなんて、考えもしなかった。だって私は、こんなに鮮明に照乃ちゃんのことを憶えている。

チョコレートの味の甘いくちづけを交わしたこと。小さく柔かな指でお互いの身体を触りあったこと。レースのカーテンを引き裂《さ》いて花嫁ごっこをしたこと。シロツメクサの花冠と指輪を永遠の誓いの印にしたこと。その季節の匂いと肌の汗ばむ温度も憶えている。

こちらを向き、小さく肩を上下させて照乃ちゃんは寝入っている。私は彼女の指先に触れてみる。爪の先は汚れていた。といっても垢《あか》がたまったりしているわけではなく、黄色く変色してしまっている。私はベッドの脇にしゃがみ込み、照乃ちゃんの寝顔を眺めた。そしてもう一度手を取り、起こさないよう指先を緩《ゆる》く握った。

会いたかったよ、照乃ちゃん。

もう一度この指で私に触れて。

そしてどこかに行ってしまおう。

握った指先、その中指を唇に咥《くわ》える。煙草と革のにおいがする。指先を舌で舐《な》める。チョコレートの味はしないけれど、照乃ちゃんの味がした。たまらなくなり、私はブラウスの上からまだぜんぜん膨《ふく》らんでいない自分の胸の先を反対の手で撫《な》でる。かつて照乃ちゃんがしてくれたように。

照乃ちゃん、気付いて、真淳はここにいるよ。鼓動が速まる、吐息が激しくなる。ねえ照乃ちゃん、昔と変わらず、綺麗だね。

そのとき、照乃ちゃんの唇と瞼《まぶた》が、動いた。

「……んぅ……」

心臓が跳ねあがり、咄嗟《とっさ》に私はその手を離した。

離さなかったら、照乃ちゃんはどんな顔をして私を見たのだろう。

一生蔑《さげす》まれ、口もきいてもらえなかったのだろうか。

——誰あんた。何してたの、気持ち悪い。

照乃ちゃん——否、平田さんは蛇でも踏んだかのようにベッドの上に飛び起きたのだった。そして私を睨《にら》みつけ、傍らにあった鞄を摑むと靴をつっかけてものすごい勢いで保健室を出て行ってしまった。

残された私は状況が把握できず朦朧としたまま、気付いたら春の風の吹きすさぶ吉祥《きちじょう》寺《じ》の街を歩いていた。穴が、痛い。どこかに空いた穴にざらざらとした風が通り抜けるたびに。

ああそうだ、私は万里江と奥井と待ち合わせをしていたのだった。

待ち合わせのマックに向かい、私は重い足を引き摺りながら二階へあがった。

「まーじゅ！　遅い！」

ざわざわした店内に一際高く万里江の声が飛んでくる。そちらを見遣《みや》ると茶色いトレイには既にハンバーガーの包み紙がふたつぶん、くしゃくしゃと丸められていた。やっぱり万里江は少し耀子ちゃんに似ている。

「ごめん……」

「どうした、魂抜けたみたいな顔して。女子ばっかりで圧倒されちゃった？」

椅子に座ったら、見たことのない紺色の学ランに身を包んだ奥井に言われた。私はかぶりを振って答える。

「学校に、幼稚園のときの友達がいた」

「え？　まーじゅの幼馴染《おさななじみ》って東京じゃないよね？」

卒業式の涙はなんだったのと思うくらい、万里江は普通に話しかけてくる。

「うん。でも、いた。しかも気持ち悪いって言われた」

「え、なんで？」

「……」

泣くに泣けない。思い返せば実際私は気持ち悪かった。嬉しかったとはいえ、なんてことをしてしまったのだろう。

万里江はしばらく案じ顔で私を見ていたが、気を取り直したように、今日入学した学校がいかにクソだったかを話し始めた。真新しいダサい制服はスタイルの良い万里江が着るとオシャレに見える。万里江曰《いわ》く、高校デビューみたいな子がいっぱいいて、はしゃいじゃってる感じがダサくてクソなのだそうだ。

気遣いがありがたかった。今は私、何も喋れる気分じゃない。せっかく待っててくれたのに、申し訳ないけれど。

「奥井は、日吉《ひよし》付属どうだった？　遠くないの？」

「遠いに決まってんじゃん。でも渋谷《しぶや》まで出ればあとはすぐだから」

「男子校だよね？」

「うん。だから気楽」

私と同じ、同性しかいないから気楽、という男子がいることに救われる。食べ散らかして汚いテーブルに耐えられなくなったらしく、ゴミを捨てに万里江が席を立ったとき、「俺も気をつけるわ」と小さな声で奥井が言った。

「何を？」

「気持ち悪いって言われないように。白川がなんでそんなこと言われたのか判んないけど、俺の想像どおりだったらたぶん、このままじゃ俺もそう言われるから」

私を慰《なぐさ》めてくれたのか、自分に言い聞かせたのか判らなかった。でも、既に気持ち悪いって言われた私に対してはぜんぜん慰めにならないと思うので、自分に言い聞かせたのだろう。薄い唇にストローを咥える奥井の横顔は、男子なのにとても綺麗だった。そして彼がその唇に女の子の指を咥えるさまは、まったく想像できなかった。

翌日から授業が始まった。

入学式の日、教室の中はいろんな色が孤立していた。でも一日経った今日、それは混ざり合い、柔かな色合いのマーブル模様になっていた。こうして私も教室の一部に組み込まれてゆく。

新しい教科書を手に、教師たちは声を荒らげることなく、生徒たちの顔を眺めながら、淡々と授業を進めてゆく。体育の教師でさえも。授業の時間の半分は不真面目《ふまじめ》な生徒に怒鳴っているか、動物園みたいな教室の中で一切生徒を見ずに俯きながら授業を施す教師しかいなかった中学校時代からしたら、中園の落ち着き具合は信じられないほどありがたいものだ。無理しないで、やっぱり中学からこっちに入学するべきだった。あ、でもそうしたら万里江や奥井には出会えなかったのか。

授業が始まって教師が教室に入ってくるたび、千佳ちゃんは毎度「あの先生はね……」と教えてくれる。中等部と兼任している人が多いらしく、持ちあがりの子たちはときどき授業が終わると親しげに教師に話しかけにゆく。人気のある人もいるし人気のない人もいるが、どの教師にもひとつ共通点があった。全員「平田さん」を二度見する。そして、三人にひとりは、「よく進級できたわね」と言う。

あの人は照乃ちゃんじゃない、平田さんという知らない人だ。教室のマーブル模様の中で、一点だけ交じり合わない鮮やかな色。

一週間経ったころ、だいたい、照乃ちゃんに関して知りたいことは伝わってきた。

水商売（もしかして風俗？）の女の娘であること。その女が再婚した男はエンターテインメント業界（要するにパチスロ）のとある会社の雇われ社長さんであること。本来そういうところ（要するに博徒《ばくと》系やくざに繋《つな》がっている会社）の娘は中園に入学できないけれど、父親になった人がお金を積んで無理やり編入させたらしいこと。校則で染髪《せんぱつ》は禁止されているのに中等部時代はずっと髪の毛を金髪っぽい茶色に染めていたこと。授業をしょっちゅうサボっていたこと。おそろしく成績が悪く、高等部への進学はまず無理だろうと言われていたこと。悪い仲間がいるらしいこと。実際にクラブや居酒屋などで男の人と一緒にいるところを目撃されているらしいこと。煙草を吸って停学になった経験があること。学校行事にはことごとく不参加であること。生徒たちからも教師たちからも、存在を疎《うと》まれていること。

どれもこれも知って嬉しい情報ではないのに、これまでの照乃ちゃんの軌跡《きせき》を聞いて私は嬉しかった。私の知らない照乃ちゃんが、私の知ってる照乃ちゃんへと変わってゆく。

千佳ちゃんたちが言うとおり、照乃ちゃんはしょっちゅう授業にいなかった。きっと保健室にいるのだろうと思う。でも、怖くてそこには行けなかった。

嬉しいけれど、悲しくて、寂しい。

照乃ちゃんのことを知るたびに思う。

同じ教室にいるのに、同じ場所に生きているのに、私と照乃ちゃんはあまりにも遠い。

照乃ちゃんと一度も喋れないまま（気持ち悪いとは言われたけど）桜は散って新緑に変わり、四月は過ぎていった。ゴールデンウィークは千佳ちゃんたちにディズニーに誘われ、私を含めたクラスの子たち六人で、一日中遊んだ。ゴールデンウィークのディズニーなんて死ぬほど混んでるんじゃないかと案じていたのだが、グループにひとり、年間パスポート持ちでファストパス取得の達人がいたため、激烈に混んでいたわりに六個も乗り物に乗れた。パレードも見れた。楽しくて、別れるのが名残惜《なごりお》しくて帰りが夜の十時になり、家の玄関を開けるなり母親に引っ叩《ぱた》かれた。

「何考えてるの、こんなに遅く帰ってくるなんて！　せっかく中園に入れたのに、不良になるつもり!?」

母親の平手は相変わらず容赦ない。私は壁際に吹っ飛び、その勢いで派手な音を立てて傘たてが倒れた。

「……ごめんなさい」

「心配させないで！　あなたまだ十五歳なのよ？　子どもなのよ？　ねえ今何時だと思ってるの？」

「ごめんなさい」

「なんでこんなに遅くなったの？　ごめんなさいじゃなくてちゃんと理由を言いなさいよ」

「だって……」

「口答えするんじゃない!!」

再び引っ叩かれた。

ごめんなさい、と機械のように繰り返しながら、逃げたい、と願う。もう慣れたものなので涙の一粒も滲まないけれど、こういうときいつも、羽があったら良かったのにと思う。

本社勤務になった父親の帰りはいつも遅い。母親には友人がいない。電話で話ができるような人もいない。必然的に彼女の興味はすべて私に向けられる。娘を「正しく育てる」ことが彼女の唯一の生きがい。私がひとつでも彼女の気に食わないことをしようものなら、憎しみのこもった平手が飛んでくる。最初は痛くて泣いていた。でももう泣く気も失せたし痛みも感じなくなった。はじめのうちは庇《かば》ってくれていた父親も、次第に何も言わなくなっていった。

あの団地で照乃ちゃんに会った最後の日、彼女はひどく顔を腫《は》らしていた。今考えれば照乃ちゃんはお母さんに殴られていた子どもだ。

照乃ちゃんも、この痛みと無力感にただ耐えていただけなのかな。

それとも、抗った結果、髪を染めて不良になったのかな。

ディズニーランドではしゃいだ楽しかった気持ちは、急速にしぼんでいった。私がひとりで楽しかったから、お母さんは怒っているのだ。だったら、楽しくなくなれば良い。

その代わり、照乃ちゃんの顔が鮮明に浮かぶ。気持ち悪い、と言った照乃ちゃんは、どんな目をしていたのか。

ねえ、照乃ちゃん。私を見てよ。

同じ教室にいるのに、同じ場所に生きているのに、私と照乃ちゃんはあまりにも遠い。

永遠みたいに、遠いよ。

6話

時が経つにつれてどんな記憶も曖昧《あいまい》になるもので、特に住んでいた場所の記憶は気付かないほど小さな音を立てながら風化してゆくもので、私はもう照乃ちゃんと出会ったあの団地へ、ひとりでは辿《たど》り着けないだろう。町の名前も、判らない。本当にあの団地は存在したのか、それすらも靄《もや》の向こうへと薄れてゆき、僅《わず》かに描いた照乃ちゃんとの思い出だけが、夏の盛りを迎えた花のように色づく。

季節は夏になっていた。七月に入り期末テストを終えたあとの数日間、クラスメイトたちは夏休みをどうするか、心躍る話に鮮やかな花を咲かせる。

終業式の前日、放課後に帰り支度をしていたら、伊豆《いず》にある千佳ちゃんちの別荘に来ないかと誘われた。時期は八月の初めに三泊四日。ゴールデンウィークのとき一緒にディズニーへ行った耀子ちゃんも、ファストパスの達人、由美《ゆみ》ちゃんも一緒だ。ほかのふたりは新体操部で、夏休みも毎日部活だという。

「いいの？　迷惑じゃない？」

私は千佳ちゃんの言葉に二重の意味で驚き、尋ねた。千佳ちゃんと耀子ちゃんはバスケ部のはずなのに、部活ないの？　という疑問と、そんな仲良くなって数ヶ月しか経ってない私なんかを誘ってくれて良いの？　という疑問。

「迷惑だと思ったら誘わないよ。おいでおいでー。でも自炊だよ」

千佳ちゃんは朗《ほが》らかに笑いながら、私のふたつの疑問をまったく解決しない答えを返した。

「子どもだけなの？」

「当たり前でしょ。親がいたら楽しいもんも楽しくなくなる」

千佳ちゃんではなく耀子ちゃんが答えた。この様子だと耀子ちゃんはもう何度も千佳ちゃんの別荘に行っているのだろう。改めて私が今まで生きてきた世界との違いを目《ま》の当たりにした。眩暈《めまい》がするほど、光の溢《あふ》れる世界。

そして、照乃ちゃんとの距離がどんどん遠くなってゆく。同じ場所にいるはずなのに。

——気持ち悪い。

あの日言われて以来、照乃ちゃんは私と一言も口をきいてくれなかった。というより、私が千佳ちゃんたちにがっちりガードされているため、どちらにせよグループの女の子以外に近付けなかった。

「夏は、うちなの」

私が平田さんの机のほうを無意識に見遣ったとき、千佳ちゃんが言った。

「夏『は』？」

私は咎《とが》められたような気がして、慌《あわ》てて尋ねた。

「うん。で、冬は耀子んちの別荘。草津《くさつ》の」

「スキー場に近いから板持ってたら持ってくるといいよ。温泉もあるよ」

「温泉くさいんだけどね！」

「なら来るな！」

キャハハハ、という笑い声があがる中、私は少しの恥《は》ずかしさと居心地の悪さを感じた。

「私……別荘とかない……」

思わず呟《つぶや》いた言葉に、その場が一瞬しんと静まった。そして次の瞬間、「何言ってるのー」と、由美ちゃんが笑った。

「そんなの持ってるの、このクラスじゃ千佳ちゃんちと耀子ちゃんちだけだから、気にすることないって」

由美ちゃんの言葉に、千佳ちゃんと耀子ちゃんが同時に「あ」と言った。

「だから迷惑じゃない、とか訊《き》いたのか。ごめん、そうだよね」

「別荘とか言っても掘っ立て小屋みたいなもんだから、ぜんぜん遠慮することないよ！」

ふたりは屈託なく笑い、私の腕を取る。夏服のブラウスは半袖《はんそで》になっているので、彼女たちの手のひらは直に私の腕に触れる。柔かくてひんやりした手のひら。形良く切り揃《そろ》えられた爪の先まで、ぴかぴか。

私はこの手に導かれていって良いのかな、ねえ、照乃ちゃん。

駄目よ、とお母さんは最初に言った。お友達と旅行にいきたい、とだけ伝えたら。

「高校生だけで泊まりがけで旅行するなんて、何が起きるか判ったもんじゃない」

けれど、行く先が千佳ちゃんちの別荘であること、別荘番の大人がきちんといること、更に千佳ちゃんのおうちが吉祥寺に本店を構え、デパートにも出店している老舗《しにせ》の和菓子屋であることを伝えると、途端に頑なだった表情を解き、「手土産《てみやげ》は何が良いかしら」などと言い出した。

「和菓子屋の娘に手土産も何もないと思うよ」

「それじゃうちが恥《はじ》をかきます」

ぴしゃりと言い返され、そういうものか、となんとなく釈然としない気持ちでいるうちに珍しく早くお父さんが帰ってきた。

「お父さん、真淳《まじゅん》、鹿乃屋《かのや》さんの別荘に招かれたんですって」

「鹿乃屋さん？」

「ほら、中央通りの、練羊羹《ねりようかん》が美味《おい》しいお店」

「ああ、いつも行列作ってるあそこね。お嬢さんがいるのか？」

「うん」

最初話をしたときは不機嫌極まりなかったお母さんは、今は上機嫌でお父さんのスーツの上着を受け取り、ハンガーにかけている。こういうとき、いつも思う。私はお母さんのストレスでしかないのだろうか、と。お父さんがいればお母さんの機嫌は良い。

三人で食卓を囲んだあと、私は部屋に戻り机に向かった。明日は成績表が配られる。中園に入って、初めての。返却された期末試験の点数は結構良かった。けれど平均点も概《おお》ね高かった。いくつA評価をもらえるだろう。鞄から教科書やノートを取り出し、机の角に揃えて並べる。明日はどれも必要ない。

そして申し込んだ予備校の夏期講習は、八月の終わりの二週間だけ。

今までの偶然を考えると、私はこの夏期講習で照乃ちゃんに再会できる気がしていたのだが、照乃ちゃんの成績は予備校とかそういうレベルで語れないほどひどかった。学年で唯一、全教科赤点で廊下に名前を張り出されていた。学校で一週間の補習を受けるらしい。

——夏休みも学校に行けば、照乃ちゃんに会える。

お母さんがどんなに不機嫌でも、今の私には、その確証だけあれば良かった。

翌日配られた成績表は、自分でもビックリな結果をたたき出していた。

「白川さん、まじですごいんだけど！」

うしろから耀子ちゃんが覗き込んでくると、目を丸くして裏返った声で叫んだ。体育がC、あとはぜんぶA、というアルファベットが並んでいた。四段階評価で、最低はDだ。耀子ちゃんの声につられて千佳ちゃんまでこちらに顔を寄せてきた。

「すごいすごい、こんな綺麗な成績表初めて見たかも！」

「あー、体育のCが実にもったいない！」

耀子ちゃんの言葉に、千佳ちゃんは摑みかかるようにして反論する。

「何言ってるの、ぜんぶAの中にひとつだけ異端のCがあるのが美しいんじゃないの」

「なんで」

「バカだな耀子、たとえば、そこの壁に一枚のカンバスがあるとしよう。それがただ平《へい》坦《たん》な青一色で塗られてたら、人はきっと素通りするでしょう。でもそこにひとつ、赤とか黄色で小さな何かが描かれてたらどうよ、芸術オンチな耀子だって何かいろいろと想像して自分の中で物語を作るでしょ、それが美しいの」

「物語って、大げさな」

「できれば、体育じゃなくて理科とか芸術とか、そのあたりがCだったらもっと美しかったのになあー」

……千佳ちゃんの美意識の基準がまったくもって判らない。でも、とりあえず今判っているのは、クラス中に私の成績が知れ渡ってしまったということ。公立の中学では突出して頭の良い子は例外なく頭の悪い子にいじめられていたけど、千佳ちゃんの異次元すぎる発言を聞いている限り、この学校ではそんなことなさそうで、ほっとした。

教室に、照乃ちゃんはいなかった。朝はいたのに。

ホームルームが終わり、千佳ちゃんから「旅のしおり（千佳ちゃん作）」を受け取ったあと私は彼女たちの、かき氷食べて帰ろう、という誘いを断り、保健室へ向かった。そっとドアを開けると先生は留守で、窓側のベッドだけカーテンが引かれていた。恐る恐るそのカーテンを分ける。

――きもちわるい。

入学式の日、私にそう言い放った照乃ちゃんが、あのときと同じ姿で寝ていた。違うことといえば、夏服だからすんなりした腕が露《あらわ》になっていることくらいだ。照乃ちゃんと私は同じ教室の中にいても果てしなく遠いところにいる。けれど、物理的にはとても近かった。これから一ヶ月と少し、物理的にも離れてしまう。その事実がとても苦しくて、気持ち悪い、と言われることを心算してなお、保健室に来た。

――ああ、本当に、なんて、綺麗な。

照乃ちゃんの長い睫毛を見て、ふと今しがたの千佳ちゃんの言葉を思い出す。青一色の中に存在する小さな何か。それは人に物語を作らせる。もしかして私以外にも、照乃ちゃんの物語を作っている人がいるかもしれない。

「照乃ちゃん」

いやだ、照乃ちゃんは私だけのもの。そう思ったらたまらず、私は声に出して呼んでいた。そうしたら、照乃ちゃんの細い喉と唇が微かに動き、掠れた声を搾《しぼ》り出した。

「……ん……まじゅ……」

本当に小さな声、開け放した窓から入ってくる風が教科書の薄いページを捲《めく》る程度の小さな声だったけれど、たしかに照乃ちゃんはそう言った。

照乃ちゃん、と私は同じくらい小さな声で呼んだ。身体の中でいろいろなものが震える。けれど今度は、何も返ってこなかった。聞こえるのは、夏の風が白いカーテンを揺らす音だけ。


両親は私の成績におおいに満足し、嘘《うそ》みたいに快く旅行に送り出してくれた。初めて自分の力で、小さな扉を開いた気分だった。東京駅に集合し、特急列車で西へ向かう。初めての、子どもだけの旅行に胸を躍らせ、向かい合わせた座席でお弁当を食べ、お菓子を食べ、どこで水着を買ったかなどを話していたらあっという間に目的の駅に着いた。

駅舎を出ると空は程よく晴れており、否が応でも胸が躍る。四人でタクシーに乗り込み、二十分ほどで別荘の集まる地域に着いた。一碧湖《いっぺきこ》という湖の近くで、建物の中に入ると、リビングの全面ガラス張りの窓からは、木々の隙間から陽光を受けてキラキラと輝く湖面が見渡せた。水辺の匂いがここまで漂ってくるような。

スタイリッシュな別荘も美しい景色も、何もかもが別世界みたいで、窓に張り付いて外を見ていたら、耀子ちゃんに「どうしたの」と訊かれた。

「なんか、嬉しくって。お母さんが許してくれて本当に良かったなあって、思ったの」

「あーもー。可愛いなあ白川さん」

隣で聞いていたらしい千佳ちゃんが、背後から私に抱きついてくる。微かにいちごの匂いがした。

台所やお風呂の使い方を千佳ちゃんが私にひととおり説明したあと、リビングのソファに座った耀子ちゃんが「じゃあ部屋決めようか」と言った。ベッドルームはふたつ。すかさず千佳ちゃんが答える。

「私、白川さんが良い。もう耀子と一緒は飽きた」

「ふられた。ひどい。由美ちゃん慰めて」

別にひどいともなんとも思ってなさそうな顔をして耀子ちゃんが笑い、由美ちゃんに抱きつく。千佳ちゃんと耀子ちゃんの絆《きずな》はとても強くて固くて、それでいて柔かで、入り込める隙間はない。若干居心地の悪さを感じながらも、私は千佳ちゃんに手を引かれ、ベッドルームに向かった。千佳ちゃんののんびりしたペースに合わせ、服をクローゼットにかけて洗面道具の類を整理してからもう一度リビングに下りると、既に耀子ちゃん

たちは夕飯の相談をしていて、

「自転車が二台しかないから、千佳たちと私たち、どっちかが買い出し部隊で、どっちかが調理部隊ね」

扉を入ってすぐに言われた。

「じゃあ私、買い出し部隊がいい」

すかさず千佳ちゃんが答える。二キロほど先にスーパーがあるという。四人で相談した結果、その日の夕飯のメニューはハンバーグになった。ナツメグや塩胡椒《こしょう》などの調味料はあるため、買うのは野菜と肉だけだ。

しかし千佳ちゃんは裏技を使った。この地域には別荘がいくつもあり、食材を余らせて困っている人が必ずいるはずだ、と言って、玄関を出ると数十メートル離れた隣の別荘のチャイムを鳴らしたのだ。

「あら、鹿乃屋さんのお嬢さん、綺麗になって」

扉を開けて出てきた年配の美しい女性は、千佳ちゃんを見ると嬉しそうに顔を綻《ほころ》ばせた。千佳ちゃんは女性にお行儀よく挨拶《あいさつ》し、私を彼女に「学年いち頭の良い子なの」と紹介したあと、尋ねた。

「あのね小出《こいで》のおばさま、私たち今日来たんだけど、おばさまのところ、玉ねぎとひき肉と卵、余ってない？　できればジャガイモも」

「ごめんねえ、うちも一昨日《おととい》来たばっかりでこれから一週間くらいいる予定なのよ」

「そっかあー。じゃあ緑川《みどりかわ》さんとこに行ってみます」

「あ、それはやめたほうが」

小出のおばさまは踵を返そうとする千佳ちゃんを慌てて止めた。

「なんで？　今年はまだいらっしゃらないの？」

「違うの、緑川さん、あの家手放されたのよ。今は別の方が」

「あら、じゃあなおさらご挨拶がてら」

「やめたほうが良いわよ。鹿乃屋さんがお付き合いしなくて良い方だと思うから」

「……どんなおうち？」

千佳ちゃんが初めて眉《まゆ》を顰《ひそ》めた。小出のおばさまは、同じように眉を顰め、あたりを憚《はばか》るように小さな声で答えた。

「平田さんっていって、パチンコとかその辺のお仕事の方らしいの」

もともと緑川さんという人の別荘だった建物は、事業が傾いたため手放され、平田さんという人の別荘になった。このあたりはゴルフ場が近く、伊豆と言っても海から離れていてそれほど騒がしくないため、別荘地としては穴場らしい。

「最悪」

とスーパーで野菜を物色しながら千佳ちゃんは言った。

「でもほら、うちのクラスの平田さんじゃないかもしれないじゃない」

「絶対そうだよ。きっと真似したの。うちの別荘があるから」

照乃ちゃんはそんな情報知らないだろう、と思いつつ、私も黙って一緒にじゃがいもを選ぶ。もともと緑川さんの所有していたその別荘は、さきほどの小出さんの家から少し離れているが、歩いていける距離だった。私の動悸はまだ治まらない。本当に照乃ちゃんの家の別荘だとしたら。もし滞在していたら。

自転車の籠《かご》に食材を積んで別荘へ戻る道すがら、千佳ちゃんは知り合いと思われる人たちと笑顔で挨拶を交わしていた。野菜を見ながら怖い顔をして憤《いきどお》っていたのが嘘みたいに可愛い。この人に嫌われたらあの学校ではあとがないな、と思った。

玄関を開けたら、ストリングスの重々しい音楽と銃声が聞こえてきた。

「あっ、耀子のバカ！　勝手に始めちゃだめって言ったでしょ！」

千佳ちゃんは慌ててサンダルを脱いでリビングに駆けてゆく。私も追いかけると、リビングでは耀子ちゃんと由美ちゃんが嬌声《きょうせい》をあげながらテレビゲームをしていた。

「良いじゃん、私たちが夕飯作ってるあいだにやれば」

「私が最初に箱を開けたかったの！　んもー、由美ちゃん代わって！」

はい、と由美ちゃんはコントローラーを千佳ちゃんに渡す。テレビの画面にはゾンビがうようよしていた。

「ふたりとも家ではおおっぴらにゲームできないから」

苦笑いしながら由美ちゃんは私に耳打ちする。それにしても、湧いてくるゾンビを撃ち殺すゲームなんて、意外すぎてびっくりだ。禍々《まがまが》しい音楽と銃声の中、由美ちゃんはソファに寝転がって寝始めてしまった。手持ち無沙汰《ぶさた》になった私は食材を冷蔵庫に移しがてら台所を確認した。スパイスやパン粉は冷蔵庫に入っていた。食器棚の中のお皿はぜんぶジノリで統一されている。計量カップやキッチンスケール、菜箸《さいばし》やお玉にいたるまでぜんぶ可愛くて思わず溜息が出た。

それから一時間、まだふたりはゲームをやっていて、由美ちゃんは寝ている。

――おなか空いたなあ。

私は持ってきていた夏休みの宿題を閉じ、台所へ向かった。これはたぶん私がひとりで作ったほうが早い。そう思い、パン粉をミルクに浸《ひた》し、玉ねぎをプロセッサーにかけた。その音で、いっときゲームの音が止み、耀子ちゃんと千佳ちゃんがこちらを振り返った。

「白川さん、何してるの？」

「夕飯の下ごしらえ」

「あっ、ごめんありがとう！」

再びゲームが再開される。米びつから二合の米を出して炊飯器にかけ、しばらくして
もふたりがゲームを止めないことが判り、私はひとりでハンバーグを作り始めた。

玉ねぎがあめ色になったころ、ようやく由美ちゃんが起きてきて台所へやってきた。

「ごめん、やるよ」

本当に申し訳なさそうに言うと、由美ちゃんは手際よくあめ色の玉ねぎを、氷に浸《つ》け
たボウルに移した。

「白川さん、家で料理とかするの？」

「うん。お母さんが具合悪いときとか」

「私も。料理結構好きなんだ」

そう言ったとおり、由美ちゃんは本当に手際が良かった。料理を作ると同時に洗いも
のもしてゆく。ハンバーグが焼きあがるころには、汚れものはフライパンとフライ返し
だけだった。

「できたよー。耀子ちゃん、食器くらいは洗ってよね」

由美ちゃんがそう言って食卓にごはんを並べてたら、やっと耀子ちゃんはテレビを消した。

お嬢様って大変なんだなあ、と食事中、ふたりの話を聞いていて思った。テレビゲームなど家ではできず、安いスナック菓子やコンビニのデザートなんかも食べられず、大人がいるところでは絶えず良い子でいなければならない。

「私は料理要員なの」

と、さっきハンバーグを捏《こ》ねながら由美ちゃんはこっそり教えてくれた。耀子ちゃんと千佳ちゃんは家で料理をしないから、由美ちゃん曰く「あのふたりの作ったものなんて食えたもんじゃない」そうだ。

「好きだから良いんだけどね。でも私が料理下手《へた》だったらこの別荘にも呼ばれないだろうね」

由美ちゃんの言葉に、じゃあ私はなんで呼ばれたのだろう、と思う。

食べ終わってしばらくしたらまたふたりはゲームの電源を入れた。由美ちゃんはお風呂に入るという。

「じゃあ私、お散歩してくる」

「うん。玄関に小さい懐中電灯《かいちゅう》あるから持って行くと良いよ」

「気をつけて」

懐中電灯を持って玄関を出ると既に外は静かな闇に沈んでいた。千佳ちゃんが教えてくれた「元緑川さんの家」には電気がついているように見えるが、遠くて判らないしそっちに行く勇気もなかった。

――照乃ちゃんに会えないかなあ。

そう考えながら湖につづく道をぼんやりと下ってゆく。真夏とはいえ夜は肌寒い。カーディガンを羽織ってくれば良かった。

湖畔では花火をしている家族がいた。それ以外に人影はない。こんばんは、と挨拶されたので同じように挨拶をし、私は子どもの喚声と残像の残る花火から離れたところへ向かう。

――照乃ちゃんに、会えないかなあ。

自分でも呆れるくらい何度もそう思った。だから暗がりの中にそれを見たとき、幻だと思った。

あの日。終業式の日、名前を呼んだら照乃ちゃんは微かに私の名を呼んでくれた。絶対に聞き間違いじゃない。変な名前でイヤだなと思ったこともあったけれど「まじゅ」で始まる言葉なんて「魔術」か「まじゅい（不味《まず》い）」くらいしか思いつかない。もう一度名前を呼んで、と何度か呼びかけてみたけれど、あのあと照乃ちゃんは深い眠りに入ってしまって、諦《あきら》めざるを得なかった。

――照乃ちゃん。

湖畔にしゃがみ込んで携帯電話の画面を見つめていた少女は、私の気配に気付き、身体を強張らせた。

「……なんで」

照乃ちゃんはそう言って立ちあがり、あとずさる。

「あ、あのね、千佳ちゃんの別荘がこの近くなの、だから」

入学式の日みたいに逃げられるかな、と思った。でも照乃ちゃんはあとずさったまま、立ち去る気配を見せなかった。

「照乃ちゃん」

「……」

「ねえ、憶えてるんでしょ、真淳だよ？」

「……」

「井の頭公園で会ったよね？　あのとき、助けてくれたよね？」

一歩一歩、警戒を解かない野良猫に近付くときみたく、距離を縮めてゆく。

「私のこと、やっぱり気持ち悪い？　気持ち悪いなら逃げても良いよ？」

私よりも背の高い照乃ちゃんは、思っていたより遠かった。でも、そこにいた。お願い、逃げないで、と念じながらやっとの思いで掴んだ手首は、やっぱりとても細くて、ひんやりしていた。

「……真淳ちゃん」

掠れた声が私の名を呼ぶ。ああ、と私は胸を震わせる。どれだけその言葉を待っていただろう。嬉しくて涙が出そうになる。しかし実際に泣いていたのは照乃ちゃんだった。

「なんで、いるの」

私に腕を掴まれたまま照乃ちゃんは涙まじりに尋ねた。

「だから、千佳ちゃんの別荘が」

「違う、なんであの学校に来たの。東京広いのに、なんで武蔵野にいるの」

「……」

「こんなかたちで、会いたくなんかなかった」

うわあああ、と、向こうから子どもの泣き声が聞こえてきた。花火をしていた子どもだろう。私は腕を掴む手に力を込めた。

「じゃあ、どんなかたちなら会いたかったの？」

沈黙のあいだに、子どもの泣き声は小さくなり、大人の笑い声に変わってゆく。やがてまた静寂が訪れたころ、照乃ちゃんは口を開き、小さな声で言った。

「私、今、恥ずかしいから」

意味が判らず、私は首を傾《かし》げた。

「真淳ちゃんと話ができるような立場じゃないから。バカだし、親は成金だし」

「……ばか」

思わず口をついて出ていた。

「ばか、照乃ちゃんのばか。そんなの初めて会ったときだって同じだったじゃない、照乃ちゃんと遊ぶたびに私お母さんに怒られてたよ、それでも照乃ちゃんと会いたかったんだよ。今も、ずっと、会いたかったんだよ」

「……」

「恥ずかしいってなに、照乃ちゃんは綺麗だよ、あのクラスで一番綺麗なんだよ、ぜんぜん恥ずかしくなんかないよ、そんなこと言わないで、私が悲しいよ」

最後のほうの声は潰れた。会えたことが嬉しくて、それなのに悲しくて悔しくて涙が溢れた。逆に照乃ちゃんの涙は乾いていた。そして、ふと笑った。

「もう、話しかけないで」

「どうして」

「さっきのは間違い。どんなかたちでも、もう会いたくなんかなかった」

照乃ちゃんは私の手を摑み、自分の手首から引き剝がす。

抵抗できなかった。照乃ちゃんの言葉が、あまりにも悲しくて、寂しくて、やっと会えたのに、やっとお話しできたのに、照乃ちゃんは私の横をすり抜けて背後へと駆けてゆく。

振り返ったときにはもう、花火をしていた家族もいなかった。ただ水の音だけが静かに耳の奥へ響く。

涙が乾いてから別荘に戻った。ふたりは相変わらずゲームをしていて、由美ちゃんはベッドルームで宿題をやっていた。ふたりでできたところまで答え合わせをし、お互いに進んでいたところは写しっこをした。

「どうかしたの？」

顔の前で手を振られ、私は自分がぼんやりしていたことに初めて気付く。

「うん。お散歩してたら、平田さんに会った」

「えっ」

もういいや、という気持ちになり、私は尋ねた。

「やっぱり平田さんってバカで親が成金で悪い仲間がいるから嫌われてるの？　仲良しの人とかいないの？」

「聞いたことないなあ。それに嫌われてるっていうか、あの人自分から絶対に話しかけてこないし。話したの？」

「うん」

「でしょ。挨拶しても無視するから、自然にそうなった感じ」

「由美ちゃんは、嫌い？」

「嫌いっていうか、どうでもいい。千佳ちゃんたちが嫌ってるからそれに便乗はしてるけど、無害なら別に」

そっか、と私が相槌《あいづち》を打ったら、「仲良くなりたいの？」と由美ちゃんは訊いてきた。

「ううん、別に」

仲良くなりたいとか以前に、会いたくなかったとまで言われたし。

「やめたほうが良いよ。あのクラスに居場所がほしければ。私だって彼氏いるってこと、あのふたりには内緒にしてるし」

「……えっ、どういうこと？」

由美ちゃん曰く、中等部のころ千佳ちゃんたちのグループにいた女の子に彼氏ができた。その子が千佳ちゃんたちとの約束よりも彼氏を優先するようになり、結果、激しく仲間はずれにされ始めた。高等部になってからも、ほかのクラスでその子だけ浮いている、のだそうだ。

それは、怖い。けれど、照乃ちゃんと仲良くなって仲間はずれにされるよりも、なんだか少しはマシな気がした。

「いいなあ、由美ちゃん彼氏いるんだ」

私が羨ましがると由美ちゃんは嬉しそうに笑い、「あのふたりには内緒ね」と言った。

「じゃあ、私が彼氏ほしいって思ってるのも、千佳ちゃんたちには内緒ね」

「判った、内緒ね。白川さん、どんな男が好みなの？」

「優しい人」

嘘。本当は男の子なんか嫌い。

もし私が「可哀想」な立場になったら。あのクラスで居場所がなくなるくらい「可哀想」になったら。

もしかしたら照乃ちゃんはまた、私と話をしてくれるようになるかもしれない。

三泊四日の旅行を終えて、私はみんなと別れてすぐ、奥井に電話をかけた。

「ねえ奥井、私と付き合って」

電話の向こうはざわざわしていたが、明らかに二秒くらいの沈黙があった。そののち、低い声で奥井は訊いた。

「え？ なに言ってるの？」

「私の彼氏になって。お願い」

私、もうかりそめの居場所なんかいらない。照乃ちゃんのあの手を掴むためなら、ほかに何もいらない。

電話の向こうのざわざわは強い風が木々の葉を揺する音に聞こえて、私は奥井の答えを、眩暈のような風の中、待つ。

7話

生まれたときから人生間違えっぱなしだったけれど、間違えた人生の中にもきちんと秩序《ちつじょ》はあって、たとえば見付けてもらえない子どもだった私には、見付けてもらえない子ども同士の絆《きずな》があり、その絆に縋《すが》れば生きてこられた。今思い返せば、わりと楽しかった記憶さえある。

秩序に反する者は排除される。それは子どもでも大人でも同じことだ。秩序に反するものがふたつあればそれは共鳴し惹《ひ》かれあい、縋り、温かな気持ちが生まれる。けれど反するものがひとつだった場合。どんなに土の中深くに潜っても、秩序に見付かる。引き摺り出されて石を投げられる。だから深くに潜っていたのに。傷付きたくないから、隠れていたのに。

シロツメクサが、一本だけ道端に生えていた。高いお菓子の箱の中のような秩序に支配された町にぽつりと生えたみすぼらしい花を私は指先で毟《むし》った。萎れて茶色くなった花。すぐに捨てた。

私が今通っている中園《なかぞの》女子は幼稚舎から高等部までの一貫教育で、人を妬《ねた》んだりそねんだりしない朗らかで素朴なお嬢様たちが集まっている。武蔵野《むさしの》という場所柄、都心部のような超絶お嬢様はいない。大きな自営業の娘とか、地主の娘とか、そんなレベルだ。それでも私にとっては世界が違った。

引っ越してきたばかりのころに知ったのだが、母はデリヘル嬢をしていたそうだ。今の父と出会ったのは、父が出張先で泊まったホテルに母が呼ばれたことがきっかけらしい。

そんな夫婦の、子ども。それが私だ。

この夫婦の子どもには私のほかに、私と血のつながらない男子がひとりいる。男子だけど、男子じゃない。初めて会ったとき、私はこの男子に殺されかけた。この家に娘はあたしひとりで充分なのよ、と言って首を締めあげられた。

私は二年かけてこの男子の部屋の扉を、開かせた。ただし彼の部屋に入れるのは今も私だけだ。排除された子どもである私。彼が望んだ外側のものを生まれつきすべて備えている女の私。

「ユリカ、ごはん」

あの母が結婚したからといってまともに家事をするわけもなく、夕食はいつもケータリングなのだが、それを取り分けて「ユリカ」の部屋に運ぶのは私の役目である。

「入って良いよ」

ユリカは扉の中から答え、私は盆を持って部屋に入る。カーテンを閉め切った広い部屋の中は、私にはよく判《わか》らない人形で溢《あふ》れていた。判るのもいくつかある。リカちゃんとかジェニーちゃんとかもいくつかある。あとはアニメのキャラクターのような、着せ替えのできないタイプの樹脂性のものばかりだ。

ユリカは毎日、これらの人形の中のどれかと同じ服を着ている。ニキビだらけですべてのパーツが肉に埋もれた醜い顔の下には、無理やり身体《からだ》を押し込んではちきれそうになった、人形と同じ服。滑稽《こっけい》以外の何物でもなかった。それでも、私はユリカの趣味を笑えなかった。

私は男の子を好きにならないし、好きになられたくもない。ユリカもきっと女の子を好きにならないし、男の子さえ好きにならない。彼は自分自身が可愛《かわい》いお人形になりたいだけだ。

「今日は学校で何があった？」

不味《まず》い魚の煮つけを箸《はし》の先でほぐしながらユリカは尋《たず》ねた。唯一《ゆいいつ》彼が外界とのつながりを持つ機会が、この会話である。既に夏休みは終わり、学校は二学期に入っていた。夏服を着るのももうすぐ終わりだ。

「別に、何も。いつもと変わらない」

うんざりするくらい、何も変わらない。あからさまに私を避けるクラスメイトたち。遠慮のかけらもなく私をバカ扱いする教師たち。偽善の光に満ち溢れた瞳を持つ養護教諭。

けれど、と私は思いとどまる。その様子を察知したユリカは「なに？」と訊《き》いてきた。

「……いつも女王さまと一緒にいる子が、今日はカンペキにひとりだった」

「女王さまって、鹿乃屋《かのや》の娘？」

「うん」

私のかつての願いは叶《かな》ったのだ。真淳《まじゅん》ちゃんの生きる世界に行きたい。同じ世界に暮らしたい。そう思っていた。けれど同じ世界に住めば、そのときよりも私たちの距離は広がった。私は今までよりもはるかにひとりぼっちで、真淳ちゃんはあっち側の子。同じ教室にいるのに、誰よりも遠い。

そう思っていた。けれど真淳ちゃんは今日、私と同じひとりぼっちだった。

「え、何があったの、ねえ」

ユリカは好奇心に目を輝かせ、私に話のつづきをせがむ。

「知らないよ。知りたいなら外に出て見にくれば良いでしょ」

小学生から中学生になるにかけてカリンちゃんにひととおりの「ヤンキーとしての処世術」を仕込まれていた私は、もうこの太った男子に負けなかった。立場としては私のほうが上である。黙ってあの町を出てきた私を、カリンちゃんは恨んだだろうか。今でも彼女を思い出すたびに、心に冷たい風が通り抜けるような気がした。

ユリカが食べ終わるまでの一時間、話し相手をしたあと盆を持って部屋を出た。

ユリカの本当の名前は源一郎《げんいちろう》だ。産みの母の父親（要するにおじいちゃん）が付けたらしい。本当の母親はとても綺麗《きれい》な人で、日に日に父親そっくりに育ってゆく源一郎を、蔑《さげす》むような目で見ていたという。源一郎が中学生になるころ、母親は年下の若い男のところへ行った。それから源一郎は引きこもり始め、名前をユリカに改めたそうだ。

心底どうでも良かった。自分の不幸を逃げる免罪符にする人間は死ねば良いと思う。しかも大した不幸じゃないくせに。

「平田《ひらた》さん、一緒に音楽室いこ？」

真淳ちゃんがひとりぼっちになり始めた翌週、月曜日の二時間目が終わったあと、女王さまが声をかけてきた。

「……は？」

次は音楽だが、眠いので保健室に行こうと思っていたところだった。女王さまのうしろには三人の女の子。誰だっけ、と思いながら瞳の端で真淳ちゃんの席を見遣《みや》る。真淳ちゃんは特に気にした様子もなく、机の中から教科書とリコーダーを取り出し、教室をひとりきりで出て行った。

「私、生理だからこれから保健室行くんだけど」

「やだ平田さん、月に何回生理があるの？」

女王さまの言葉に、うしろの三人がキャラキャラと笑う。心から笑っている人の顔を、私はこれまでふたりしか見たことがないのだが、そのふたりと違って四人とも目が笑ってなかった。

「五回くらい？」

私は答え、何も持たずに席を立つ。四人の女子はそれ以上私を引き止めなかった。

――何がおきたの、真淳ちゃん。

保健室のベッドの中で、私はひたすらここ数日のできごとを考えた。ああ、もっとちゃんと教室にいるべきだった、と後悔しつつ。キラキラした真淳ちゃんを見るのが辛《つら》くて、保健室の滞在時間が多くなっていた。

それでもあの子が仲間はずれになる要因なんてまるでなかったように思う。成績優秀で、いつも人当たりが良くニコニコしてて、何事もソツなくこなし、ちょっと抜けてる。そんな、完璧《かんぺき》な女生徒だったはずなのに。私と彼女との間に横たわる川幅の広さに、絶望していたのに。

夏休み、「一緒に来てくれたら小遣い二十万やるから」と言われて渋々、父親が新しく買った伊豆の別荘に行った。彼にとっての「美しい妻と娘」を見せびらかしたかったのだろう。たしかに私たち母子は美しいが、見る人が見れば一瞬で、滲《にじ》み出る育ちの悪さに勘付く。かつて私が中園に転入したときのように。しかし育ちの悪い成金には、それが判らない。

滞在して五日くらい経《た》ったころ、私は真淳ちゃんに泣いているところを目撃された。近くに鹿乃屋の別荘があることは父親経由で知っていたのだが、まさか重なる日程で真淳ちゃんが来るとは思わなかった。

お金持ちにはなった。毎日ちゃんとごはんも食べられるようになったし毎日お風呂にも入れるようになったし、ほしい服や化粧品なんか、ほしくもなくなるくらい買ってもらえた。新宿《しんじゆく》や渋谷《しぶや》のほうに出れば、似たような境遇の友達もいる。お金が自由に使えてもどこか心の中に空虚さを宿している子どもは、同じにおいのする子どもに敏感だ。雑踏《ざつとう》の中で目ざとく相手を見付け、寄り添おうと、縋ろうとする。

それでも、ひたすら虚《むな》しい。学校では所持を禁じられている携帯電話でメールのやりとりをしながらも、私は果てしなくひとりで、ときどきその寂しさに押しつぶされそうになる。

そんな瞬間を、真淳ちゃんに見られた。真淳ちゃんは相変わらず天使みたいな子だった。夜の闇の中でも白く輝くその高潔な穢《けが》れのなさに私はまた打ちのめされる。自分の生い立ち、生活、洗い流しても決して落ちない、髪の毛の先までこびり付いたすべての卑《いや》しさが恥《は》ずかしい、と思う。

私と一緒にいちゃいけない。同じ世界に生きていても、あなたはもっと違う場所にいるべき人だ。

——照乃《あきの》ちゃんは綺麗だよ。恥ずかしくなんかないよ。

あのとき真淳ちゃんが発した言葉は、私の望んでいたものとはまったく違う方向を指していて、嬉《うれ》しくて、寂しくて、私は彼女を拒んだ。

会いたくなかった。でも、会いたかった。会いたくてたまらなかった女の子は今、私と同じひとりぼっちだ。否、きっと私よりも。


新宿では中園の制服は珍しい。東口を出て歌舞伎《かぶき》町に向かい、私は珍しい制服姿のまま友達の集まるダーツバーへ向かう。クラスメイトたちの言う「悪い仲間」のひとりの父親が所有するビル、経営する店で、個室だから喫煙しても飲酒をしても補導されることはなかった。

「あれ？」

バーの個室というわりにはガランとした殺風景な部屋に入ると、ふたり、それぞれ違う制服姿の女子と、私服姿のひとりの男子がおり、その女子のうちひとりの容貌《ようぼう》に私は思わず声をあげた。

「どうしたのナトリ、その頭」

「新しい彼氏がねー。短いほうが好きなんだって」

「長いほうが良いよねえ？」

ナトリではないほう、ミチカが私に同意を求める。高等部進学を機に髪を黒く染めたときこのふたりは私をボロクソに詰《なじ》った。仕返しのチャンス、と思い私は鞄《かばん》をソファに放り投げ、答える。

「うん、長いほうがぜんぜん良い。その男、頭か目が悪いんじゃないの？」

「悪くないよ、だって大学ハーバードだって言ってたし」

「うわぜってー嘘《うそ》だって」

私がこの店に顔を出すのは二週間ぶりだ。そのとき彼女はたしかサラリーマンと付き合っていた。話を聞き出すと、一昨日付き合い始め、昨日髪を切ったのだという。ほんとに、バカか。

ナトリの惚気《のろけ》話を適当に聞き流しながら、私は真淳ちゃんのことを考えていた。もしひとりぼっちに耐えられなくなって、真淳ちゃんがこういう店に出入りするようになったりでもしたら。お酒とか煙草《たばこ》とかに手を出してしまったら――。

「……ムリムリムリ！」

気付いたら声に出ていた。

「……なにが？」

ひとり黙々とダーツを放ちつづけていた男子が、咥《くわ》え煙草のまま笑いながら私に問う。

「あのさあタダヨシ、私、学校でずっとハブられてたんだけど」

「うん、知ってる」

「私以外の子に標的が移ったらしいのね」

「え、なんで？」

ミチカもナトリも私と同じ境遇なので自分たちの話を中断し、こちらに身を乗り出した。

「判んない。ほんっとに意味が判んないんだけど、なんでだと思う？」

優等生であること、おうちもちゃんとしたサラリーマン家庭だということ。夏休みを終えてからのできごとであること。それだけを説明した。幼馴染《おさななじみ》とかそういう情報を彼女たちに与えるのは躊躇《ちゅうちょ》した。

しばらく考えたあと、ミチカが言った。

「あれじゃないの？　ひとりだけぬけがけして、夏休みに彼氏ができたとか」

「……はぁ？」

ありえない、あの真淳ちゃんに彼氏だなんて。そう反論しようとしたとき、甲高い笑い声と共に部屋の扉が開いて、また違う制服の女子がひとりと、同じ制服姿の男子ふたり、頭がドレッドなのと坊主なのが入ってきた。

「ごめんねえー遅れてえー」

「うっわナトリなんだその頭。だっせえー」

「うっせえバカ！　ほっとけよ！」

これで、全員だ。四人の女子と三人の男子は申し合わせたように立ちあがり、ソファと机を部屋の端に寄せた。壁は全面鏡張りになっている。鞄の中からジャージのズボンを取り出し、私とほかの女子たちはそれぞれスカートの下に穿《は》いた。タダヨシが部屋の隅に置いてあった古いラジカセを取り出し、中にCDを入れてスタートボタンを押す。既にイヤというほど聞いたクラップとドラムの音が部屋に響き、全員が腕をあげ同じ振り付けで踊り出す。

トゥザウィンドー！　トゥダウァォー！

タダヨシがボディウェーブと共に歌詞に合わせて裏声で叫ぶと、ほかの男子ふたりもゲラゲラと笑いながら同じように叫んだ。


もともとダンスをしていたのはタダヨシとミチカだった。二年前の今と同じ季節の夜、新宿高島屋《たかしまや》のわき道で彼らが踊っていたのを私がぼんやりと見つめていたら、タダヨシが「踊ってみる？」と声をかけてきたのだ。

別に彼らも真剣に踊っているわけではなかった。シャネルやヴィトンのお財布やその中身の使い方で、私と同じような生活層の子どもだとすぐ判った。それからほかの四人も似たようなかたちで私たちに加わり、そのうち路上を追い出され、坊主の男子の父親が所有するビルにある店の部屋を週一で使わせてもらうようになった。

たしかに彼らは見た目からして「悪い仲間」に見えるし、実際そうだ。学校にも家にも居場所のない子ども。別にダンスなんかやりたいわけじゃない。ただつながりがほしいだけ。見せ掛けの友達をつなぎとめるためにダンスをしているだけ。仲間が飲んでるからお酒を飲むだけ。煙草を吸ってるだけ。

でも私は踊り始めてから初めて、自分の身体が思ったように動いたときの感動を知った。できることならもっと踊りたいと思い、父親から夏休みにもらった二十万を、個人のダンスレッスン費につぎ込んだ。

両親はもちろん、学校の誰も私が踊ってるなんてことは知らない。

バーの部屋で練習をしたあとクラブへゆき、朝の四時ごろタクシーで吉祥寺まで帰る。髪の毛に染み付いた煙草のにおいと浅い眠りの中で、私は真淳ちゃんの夢を見た。

小さな真淳ちゃんはあのシロツメクサの空き地で、ひとり黙々と花冠を編んでいた。私の視線に気付き、真淳ちゃんは振り返る。幼い顔に笑顔が咲く。

——ほら見て照乃ちゃん、もう照乃ちゃんより上手に作れるよ。

純白の花が隙間《すきま》なく並んだ小さな花冠を、高校生の私は幼稚園児の真淳ちゃんの頭に乗せてあげる。

——照乃ちゃん、チョコレート、食べる？

スカートのポケットの中から溶けかけたチョコレートを取り出し、真淳ちゃんはおもちゃみたいに小さな指でつまんでそれを私に差し出す。私は彼女の前にしゃがみ、そっと手を取り、チョコレートを口に含む。小さな指に舌を這《は》わす。

——美味《おい》しい？　ベルギーのチョコなんだって。

——……真淳ちゃん。

私の掠《かす》れた声は届かず、容赦《ようしゃ》なく射し込んでくる朝の光の中で目が覚めた。泣いていた。

あのときから、私は何も変わってない。身体が大きくなっただけで、いつも私はあそこに帰りたいと思っている。ひどい生活だった。いつ死ぬかも判らなかった。でも、あそこには私をなんの邪気もなく慕ってくれる可愛い真淳ちゃんがいた。

——もう、照乃ちゃんより、上手に、作れるよ。

小さな真淳ちゃんのたどたどしい声が蘇《よみがえ》る。

ねえ行かないで真淳ちゃん。

お願いだから、遠くへ行かないで。

九月末までは夏服、雨が降って寒いときは冬服を着てきても良いが、十月に入ると規則で冬服になる。四月、高等部へあがったときと同じ服を着て、学校に通う。

真淳ちゃんは相変わらずひとりだった。そして私に声をかけてこようともしなかった。以前はときおり、私が保健室で寝ていると静かに隣に来ていたのだが、そもそも私の保健室滞在時間が減った。なるべく、人間関係の変化を見逃さぬよう、教室にいるように心がけていた。

十月半ばに中間テストが行われた。真淳ちゃんは前回と同じく、またとんでもない成績をたたき出していた。上位の点数は名前と偏差値付きで、そっけないA4の紙に印刷され、廊下に張り出される。学年一位は真淳ちゃんだった。ちなみに赤点を取って追試を受けなければならない生徒も、隣に、これまたA4の紙に印刷して張り出される。こちらにはいつも私の名前しかない。でかでかと「平田照乃」の四文字、そして追試は全教科。

仕方ない。勉強とか、東京に来てから一度もしたことないし。この学校への編入もお金を積んだだけだし。進級できなければまた、見栄を張りたいあの男に金を出してもらえば良いだけだ。

学校帰り、井の頭線《かしら》に乗って渋谷へ向かおうとしたとき、既に同じホームの先端に、真淳ちゃんがぽつんと立っていた。声をかけようかどうしようか迷った。しかし話しかけないで、と言ったのは私だ。真淳ちゃんは耳にイヤホンをさし単語帳を繰りながら、午後の茜《あかね》の混じった光の中に佇《たたず》んでいた。

私は一両隣の車両に乗った。同じ電車に真淳ちゃんも乗り込んだ。予備校にでも行くのか、それとも友達と約束があるのか。途中で降りるのかと思ったが、彼女は終点の渋谷まで降りなかった。

雑踏に紛《まぎ》れて、私は真淳ちゃんが改札を抜けるのを待つ。そしてなんとはなしに、あとをつけた。

ハチ公口に出た真淳ちゃんは人でごった返すスクランブル交差点を渡り、駅前のツタヤへ向かう。そこで私は、見たくないものを見た。日吉《ひよし》付属の制服を纏《まと》った、ひょろりとした色の白い少年が、真淳ちゃんに手を振っていた。真淳ちゃんも、彼に手を振り返しそばに駆け寄っていったのだ。ふたりは寄り添って公園通りへ向かう。

まさか。あのときミチカの言っていたことが、正解だったなんて。

横断歩道を渡ったところで私は立ち竦《すく》む。何人かと肩がぶつかり、舌打ちをされた。

――このままミチカたちに会ったら、動揺しているのを悟られる。あの子たちに弱いところなど見せたくない。今日は集まって練習するとかではなく単に遊びの約束なので、私は待ち合わせのカフェからは反対のほう、宮下《みやした》公園へと向かった。

ホームレスとごみに溢れた公園に心安らぐ自分がイヤになるが、なんだか懐かしくてベンチに座り、口の中にガムを放り込んでぼんやりと目の前を過ぎる光景を眺めていた。

真淳ちゃんは、私のことが好きなんだと思っていた。だから男の子と付き合うだなんて想像もしなかった。保健室でゆびさきにくちづけられたとき、震えるほど嬉しかったけれど、それと同じくらいの驚きのあまり私は彼女を突き放した。

あのくちづけは嘘だったの。ねえ。

噛《か》んでいたガムの味がとうになくなり、そろそろ日も暮れベンチでイチャこくカップルが現れ始め、空腹に気持ちが悪くなってきたころ、目の前を、私と同じ制服を着た女の子が通った。隣には、学ラン姿の男子がいた。はっとして焦点を合わせ、その男女を凝視する。直後に後悔する。それが真淳ちゃんとさっきの男子でこれからまさにベンチでイチャつこうとかいう現場だったら自分が傷付くだけなのに。

しかしそれは真淳ちゃんではなかった。女の子は私の視線に気付き、こちらを見遣り、足を止めた。

「……平田さん」

「……ごめん、名前が判らない」

「真嶋由美《ましまゆみ》」

真嶋さんは女王さまのグループに所属する子だ。たしか真淳ちゃんと一緒に別荘にも行っていた。

「誰かと待ち合わせ？」

「ううん。ちょっと良い？　訊きたいことがあるんだけど」

真嶋さんはあからさまに顔を強張《こわば》らせる。

「いや別に真嶋さんを待ってたとかそういうのじゃなくて、ここにいたら偶然真嶋さんが通りかかっただけで、ちょうどいいから、一分で済むから」

「……なに？」

興味深げに私たちを窺《うかが》う男の腕を摑みつつ、彼女は私に先を促《うなが》した。

「なんであの、鹿乃屋の娘とあなたたち、いきなり私に声をかけたの？　なんで白川さんがハブられてるの？」

「……」

「鹿乃屋の娘にはあなたが言ったって言わないから。そもそも私、これからもあなたたちと仲良くする気ないから。教室でも話しかけない。約束する」

「……なんで私の名前を知らなかったくせに白川さんの名前は知ってるの？」

あ、と思う。冷えた頭をめぐらせ、「だって頭良いでしょ」と搾り出した答えに、どうにか真嶋さんは納得してくれたようだ。

「白川さんに彼氏ができたの。それだけ」

──やっぱり、あれは彼氏だったのか。

「じゃあなんで真嶋さんはハブられないの、その人彼氏でしょ？」

「私は秘密にしてるから。ねえ絶対に言わないで、約束よ？」

「言う相手がいないから。白川さんは秘密にしてないんだ？」

「うん、してないの、彼氏を優先し始めて、だから千佳《ちか》ちゃんが怒ったの」

「そう。それなら私も遊ぶ男なら何人かいるよ？　だから金輪際私に構わないでって『千佳ちゃん』に言っておいて。教えてくれてありがとね」

よし、うまくまとまった。これなら「私があんたたちに迷惑してる話」となり、真淳ちゃんに害は及ばないはずだ。真嶋さんは困ったような顔で頷《うなず》き、それでも私を睨《にら》みつけたあと、男の手を取って歩き出した。

渋谷の空は明るくて、夜もなお眩《まぶ》しい。携帯電話には十件の着信と五件のメールがあったが、返信しないまま私は夜の十時過ぎまで公園のベンチで過ごした。

私、何をしたいんだろう。

十一時過ぎに家に戻る。リビングにはユリカの夕飯が用意されていた。私は制服のままそれを温め、ユリカの部屋へ運ぶ。ユリカは相変わらず気持ち悪かった。だけどあからさまに様子がおかしい私に、何も尋ねることなく、「あんたに似合うと思ったから通販でついでに買っておいた」と言って、頭に飾る金色のシュシュをくれた。

唐突に、カリンちゃんの兄のことを思い出した。もう名前を忘れてしまったけれど、彼はやはり私に何も言わず、髪飾りだとか安っぽい小物だとかをたくさん買ってくれた。私はあのとき、貧しさのあまりお金のために彼に取り入り、私を思ってくれていたカリンちゃんを裏切った。

――もしかして、真淳ちゃんもお金がないの？　それで男と付き合ってるの？

と一瞬思い浮かんだ若干の希望を、私はすぐに打ち消す。そんなわけない。あの子からは、貧しさの欠片も漏れていない。心の貧しさも、金銭の貧しさも。

翌日、金色のシュシュを着けようかどうしようか迷ったが、やめた。いつもどおり腰のあたりまである不自然に黒い髪の毛を結びもせず、学校へ向かう。その日の時間割は最悪で、一時間目が体育だった。いつもならサボる。でも真淳ちゃんのことが頭から離れず、結局ジャージに着替えてひとり体育館へ行った。

やっぱり出なきゃ良かった、体育の授業なんて。と、すぐに思った。

「四人のグループを作ってください」

と教師は言った。これから一ヶ月かけて創作ダンスをするのだそうだ。顕微鏡で見た細胞分裂のように、ひとつの集合からいくつかのグループが生まれてゆく。分裂が終わっても私はずっとひとりだった。そして真淳ちゃんも、最後まで残った。誰も彼女を受け入れなかった。

教師は、それを見て何も言わなかった。白川さんを入れてあげなさいとか。平田さんを入れてあげなさいとか。実際三人のグループはあったのに。

「ちょっと少ないけど、じゃあ平田さんと白川さんはふたりで考えてね」

集団の端と端にいた私たちは、お互いを見遣る。泣き出しそうな顔をした真淳ちゃんの顔が飛び込んでくる。

「千佳ちゃん」

と、私は初めてクラスメイトの名を呼んだ。「千佳ちゃん」は度肝を抜かれたらしく、ものすごい間抜けな顔をして私を一瞬見たが、すぐに持ち直し、「なあに？」と笑顔で尋ねた。

「あなた白川さんと仲良かったよね？　なんで一緒にならないの？」

「白川さん、私たちのことなんか必要ないみたいだから」

完璧に作り込まれた善人の笑顔で、「千佳ちゃん」は答える。うしろには渋谷で遭遇した真嶋さんもいた。ちらりとそちらを見遣ると、バツの悪そうな顔をして目を逸《そ》らす。

「いいよ、平田さん」

気付けば隣に真淳ちゃんが来ていた。ジャージの袖《そで》を引いて、なおも言い返そうとしている私を止めた。

「よくない。ふたり組だなんて。私がサボれない」

「サボらないで」

袖を摑《つか》んだまま、真淳ちゃんは私の顔を見つめ、驚くほど強い口調で言った。

「あなたにサボられると私の成績まで悪くなるから、サボらないで」

真淳ちゃんと私が幼馴染であることを知らない人たちしかいないこの空間で、私たちは果てしなく他人で、微《かす》かに触れあった手の皮膚《ひふ》が熱い。

「平田さん」

「なに」

その顔を直視できずに私は目を逸らす。ひらたさん、と真淳ちゃんはもう一度、呟《つぶや》くように、そして確かめるように私の名前を呼んだ。その直後、くすくすと微かな笑い声が聞こえた。少し離れたところから、「千佳ちゃん」たちが笑いながらこちらを見ている。真淳ちゃんは私から目を逸らし、かつて自分が所属していた集団を見る。

そして足音もなく、踵《きびす》を返した。体育館だから、運動靴は歩くたびにキュッキュッと何かの動物の声みたく床を鳴らすはずなのに。それとも私に聞こえなかっただけなのか。真淳ちゃんは、小さな足音を立てながら体育館の扉から外へ走り出て行った。私はひとりその場に取り残される。

――え、これどうしたら良いの私。

呆然《ぼうぜん》と、突っ立ったまま開け放たれた扉を見つめていたら、教師が「何やってるの、早く探しに行って」とまことに無責任なことを言った。そんなこと言ったって。外、雨降ってる。

そのまま保健室へ行こうかとも思った。でも、もしかしたらどこかで真淳ちゃんが泣いているかもしれない。そう思ったら、探さざるを得なかった。

体育館を出て、とりあえず校内を探そうと校舎へ戻る。そして、校舎の扉を入ってすぐに真淳ちゃんは見付かった。授業中、人気のない廊下に音楽室から微かにピアノの音が聞こえてきている。

壁に凭《もた》れかかって泣いている真淳ちゃんに、私はなんと声をかけたら良いのか判らなかった。真淳ちゃんは、何も言わずにただ私の手を取った。ひんやりと冷たい、薄い手のひら。日吉付属のあの男子が、何度も握ったであろう彼女の手のひらはとてつもなく頼りなくて、朧気《おぼろげ》ながら憶えている男子の顔を思い浮かべながらも、私はその手のひらを握り返さずにはいられなかった。

「照乃ちゃん」

「……」

「探しに来てくれたんだね」

「……先生に言われたから」

「それだけなの？」

涙の膜に覆われた大きな黒い瞳は、あのころのままで、それでもあのころとは違って、私は今、どこにいるのか判らなくなる。

雨が遠くなっていった。

8話

――バレエの基礎とジャズとヒップホップ、習ったから。

「なんでそんなに身体柔かいの？　なんで踊れるの？」

という真淳ちゃんの問いに、少し照れくさく思いながら答えたら、彼女は小さいころ、シロツメクサの花冠を作ってあげたときと同じように目をキラキラさせながら、「すごいすごい平田さん！」と言ってくれた。

そういえば、シロツメクサの花冠の作り方は誰に教わったんだっけ、と、真淳ちゃんがやたらと硬い身体を一生懸命折り曲げているのを見ながら思った。私にそんなことを教えてくれる人は、あの団地にはたぶんいなかった。だとしたら、おそらく母親だ。あの人が。私に。そんなことを？

「したんじゃないの？」

最近若干痩《や》せたユリカが、片手でビーフストロガノフの皿をぐちゃぐちゃとかき回し、もう一方の手でレディボーデンの蓋《ふた》を口元にもってゆきそれを舐《な》め取りながら言った。

「あの女、たぶん愛情が深すぎるだけだと思うわよ。小さいときはちゃんとあんたのこと愛してたんじゃないの？」

「だったら自分の子ども、殴られねえだろ普通」

「まあ、そうだけど」

さっさと食えよ汚ねえな、とユリカを急かし、十分後、空になった皿を重ねて私は部屋を出た。父親と母親は今、視察だとかいう理由をつけてマカオへ行っている。家の中は静かで、吹き抜けのリビングに備えられた柱時計の秒針だけが天井まで響いていた。そういえば私パスポート持ってないや、と、そのとき初めて気付いた。私の身分を証明するものは保険証と学生証だけだ。日本以外の国では私は自分を証明できない。

学校の授業で行われる創作ダンスの振り付けを考えてほしい、と私はタダヨシに頼んだ。二週間前、私と真淳ちゃんがあの集団から弾《はじ》き出され、ふたりで寄り添わざるを得なくなった日の放課後のことだ。タダヨシはもともとコンテンポラリーを本気で習っていた。十四のときに彼が才能の天井にぶちあたり諦めたことを、ミチカと私は知っていた。

――え？　マジ？　創作ダンスとか、真面目にやんの？

――マジでやんの。私踊れるけど振り付けはできない。だからお願い協力して。

部屋のソファに沈み込んだミチカとナトリは面白《おもしろ》くなさそうな顔をして私を見ていた。だから、私は絶対にこの子たち、表面でしか付き合っていないこんな子たちには打ち明けないだろうと思っていた自分の心の奥に秘めていた気持ちを、初めて晒《さら》した。

――私、好きな子がいるの。女の子なの。その子に恥をかかせたくないの。だから、ごめんこんなダサいことして、でもお願い。

――え？　……えっ⁉

気持ち悪いと思われたんだろうな。私は頭を下げながら周りの様子を窺う。別に失っても良いと思っていた。属する社会がひとつ減っても、また元の場所、誰もいないひとりきりの場所に戻るだけだ。しかし、彼女たちの反応は予想外のものだった。

――どんな子⁉　可愛い⁉　同じ学校なの⁉

――バカナトリ、創作ダンスって違う学校じゃやんねえだろ。写メないの写メ！

私は顔をあげ、ミチカとナトリを見る。その表情に嫌悪の色は欠片もなかった。気持ち悪くないの、と尋ねると、バカじゃねえの、と返ってきた。

――だってだいたい判ってたもん、アキが男に興味ないって。

――マジ？

――うん。だってタカシとかあんたのこと好きで結構な勢いでアピってたのに、ぜんぜん気付いてなかったじゃん。

――タカシ？　誰？

ギャハハハ、とふたりは甲高い声で笑い、隣ではタダヨシが呆《あき》れたような顔をして私を見ていた。この集まりには来ないけど、ミチカと繋がっている友達で、私は幾度か「タカシ」と話したことがあったらしい。知らなかった。

――もしかして、夏休み明けたらクラスでハブられてたって子？

女ふたりの笑い声が収まったあと、発せられたタダヨシの質問に私は頷く。

――同情じゃないの？　優しくしてやって、あとからアキが手のひら返したら、その子もっと傷付くぜ。

――違うよ。だって私たちもう出会って十年以上経ってるし。私、その子以外の子を好きになったことないの。

言いながら、私は認めざるを得なかった。私は真淳ちゃんが好きだ。真淳ちゃんだけがずっと好きだったのだ。今更この気持ちに抗うことなんかできないんだ。そして私の気持ちを、水を飲むようにすんなりと受け入れた彼女たちに、初めて感謝した。

真淳ちゃんは萎れない花だった。クラスで孤立していても、体育以外の成績は常に優秀で、大きなものに屈することなく小さな身体でひとり立っていた。あくまでも私との付き合いは、体育の授業だけ。仲間はずれ同士がくっつかされたふたり組の関係、という態度を貫いた。そのほうが私もありがたかった。今更「仲良しふたり組」を強請されても困る。

体育は週に二回、何故《なぜ》か二時間かけて行われる。踊る曲はタダヨシの勧めでアディエマスのレインダンスにした。「これなら適当に『雨をテーマにした』とか言えるし創作ダンス向きだろ」という理由で。私はヴァンゲリスのほうが好きだから同じようなジャンルならばヴァンゲリスが良いと訴えたのだが、それじゃ一般受けしない、と却下された。先週、真淳ちゃんにこの曲を聞かせたら、「すごくキレイな曲」と嬉しそうに顔を綻《ほころ》ばせた。

タダヨシの考えてくれた振り付けは複雑な動きはなく、普通の高校生にもすぐに踊れるような簡単なものだ。が、真淳ちゃんはとんでもなく運動神経が悪く、更に身体が硬く、バランス感覚がなく、ターンひとつ憶えさせるだけで一時間かかった。

ただし彼女は運動神経が悪い代わりに頭が良かった。私が二、三度踊っただけで、すべて振り付けを憶えた。たどたどしくも、私の動きに倣《なら》って身体を動かし、五度目くらいにはもう私を見なくても、ヘタクソなりになんとなく同じ動きができていた。

「すごいね、白川さん」

「そうかな？　できてる？」

「できてるよ」

体育館の一番隅っこで、私たちはぎこちなく笑い合う。秘密を持ったもの同士、共犯者の顔をして。体育館の向こうのほうからは、甲高い笑い声が聞こえてくる。四人組の女の子たちが踊る気配もなくダラダラとお喋りをして、ときおり、こちらで踊る私たちを見て忍び笑いをする。真剣にやっちゃって、バカじゃないの。という声が聞こえてきそうだった。

「気にしないで良いよ」

私がそちらの方向をぼんやりと見つめていたら、真淳ちゃんが言った。

「真剣にやらないほうがかっこ悪いもん。私、足遅いし球技苦手だし、体育の成績上げるチャンスがこれしかないの。だから平田さんも協力して」

「……うん」

優秀な子は、努力を怠《おこた》らない。真剣な眼差《まなざ》しで振り付けの図の描いてある紙を見て何度も身体を動かす真淳ちゃんを、私はやはり眩しいと思いながら見つめた。

違う、こう。と、彼女の腕を取り頭のうしろから胸の前へ持ってくる軌道を教える。手のひらに細く冷たい手首が収まり、滑《なめ》らかな皮膚の中で骨と薄い筋肉の動きを感じる。とても自然に彼女に触れられたことに、自分でも驚いた。真淳ちゃんも、平然とした顔をしていた。

高等部にあがって真淳ちゃんと再会したとき、こんな日がくるなんて思わなかった。私、あなたにあんなひどいことを言ったのに。それなのに真淳ちゃんは私を詰ることもなくただ笑顔で私に接してくれる。

でもそれは、たぶん、ただのクラスメイトとして。

私たちが接するのは体育の時間、つまり週に二日、二時間ずつだけだ。それ以外に個人的なことを話したりはしない。したがって私は、あの日吉付属の制服を着た男子が真淳ちゃんの彼氏なのかどうか、まだ知らない。私があとをつけたことを知られるのもイヤなので、尋ねることもできないし、尋ねて肯定されるのも、怪訝《けげん》な顔をされるのもイヤだった。

なんだか、やっぱり、近いのに真淳ちゃんは遠いところにいる。

近ければ近いほど遠いって、もどかしくて身体の奥のほうが捩《よじ》れるようだった。真淳ちゃんに触れた手のひらをぎゅっと握り、彼女の身体の中にある何かを確かめようとしてもそれはあまりにも儚《はかな》い。

学校からまっすぐ家に帰ると、親たちが帰ってきてリビングで荷解きをしているところだった。

「おかえり」

それだけ言って部屋へ戻ろうとしたが、母親に呼び止められる。

「ねえねえ照乃、来月一緒にマカオに行こう」

「は？　なんで？」

「照乃に会いたいって、イーストグローバルエンターテインメントの社長さんが。あ、向こうでカジノ経営してる人なんだけどね。写真見せたら一目《ひとめ》惚《ぼ》れされたの。やったじゃないあんた、これで話まとまったら超玉の輿《こし》よ！」

「……はあ!?」

父親の男は何も言わず、私たちふたりを見ている。この時点で私はふたつのことに驚いていた。ひとつ、私が既に十六歳であり（誕生日は定かじゃない）、親の承諾があれば結婚できる年齢になっていたこと。そしてふたつめは、単なるパチンコ屋の雇われ社長だと思っていたこの醜い男が、海外のカジノの社長という身分の人とタイマンで話ができるような身分の人だったこと。

「ヤダよ、興味ないし」

「興味なくても会うの。すっごいお金持ちなんだから」

私の腕を摑む、爪にぶどう色のマニキュアを施した母親の手がとてつもなく汚らわしいものに感じられ、身震いと共に振り解いた。

「勝手に決めないでよ、私の将来でしょ」

「ならあんた高校卒業したらどうするの？　どうせ大学にも行けないような成績だし、養ってくれるような男もいないんでしょ？」

せせら笑うような言葉を受け、私の頭には血が上る。

「何いきなり母親ヅラしてんの？　私の将来なんか、今まで一度だって考えたこともないくせに！」

ものすごく久しぶりに、母親に引っ叩《ぱた》かれた。小さいころから殴られ、蹴られ、ご飯も食べられないような生活で、どのような痛みにも慣れていたはずなのに、左の頰《ほお》は燃えるように痛かった。私は唇を噛み、その場を離れ階段を駆けあがる。自分の部屋に入って扉の鍵をかけ、ベッドに身を投げ出した。ミチカやタダヨシは、男を好きになれない私を受け入れてくれた。けれどこの作り物の家族は、そういう私を絶対に受け入れないだろう。既にこの家には、彼らにとって人として失敗作のユリカがいる。

打ち明けるつもりもない。万が一なにかあれば逃げるだけだ。

十一月半ば、既に秋は深く道ゆく人々は枯葉やきのこみたいな色合いの装いに替わっている。少ししたら女の子たちの装いは白っぽく雪兎《ゆきうさぎ》みたいに替わるのだろう。

ダンスの発表の日だった。今日の三時間目と四時間目が体育だ。あーヤダ、ダンスとかかったるいし人前で踊るとかありえない。中休み、そんなことを言いながら女生徒たちは体操着に着替えてダラダラと体育館へ向かう。

「平田さん、行こう」

鞄の中からCDを取り出していたら、真淳ちゃんが私の席のところまでやってきた。

「あ、うん」

ジャージの袖から指が半分くらいしか出ていない真淳ちゃんは、改めてその姿を見ると本当に小さかった。

私たちが体育館に着くと、何故か既にあみだで順番が決められており、私たちふたりの発表は最後だった。外では雨が降っていて、体育館は室内でもとても寒い。柔軟を終えて教師が採点方法などを説明している最中、私は隅っこの壁際に腰を下ろした。隣に真淳ちゃんも膝《ひざ》を抱えて座る。

「寒いね」

「うん」

「あの日みたい、雨が降ってて」

「え?」

「照乃ちゃんが、私のこと探しに来てくれた日」

たぶん真淳ちゃんは無意識だったと思う。夏休み以降、彼女は私を「平田さん」で貫いていた。実際、再び私を呼ぼうと「あき」まで言って真淳ちゃんははっと口を噤《つぐ》み、「平田さん」と言い直す。なに、と私は床を見つめながらつづきを促す。

「強いね、平田さんは」

「別に、そんなことないけど」

誰かのグループが踊るピアノの曲が流れ始める。バレエの個人レッスンで使ったことのある有名な曲だが、曲名が思い出せない。床が、複数の人の踏みつける音に振動する。

「私、ひとりになることがこんなに怖いなんて、思ってなかった」

隣をそっと見遣ると、真淳ちゃんは踊っている子たちを凝視しながら、眉間《みけん》に皺《しわ》を寄せている。

「誰も私と一緒にいてくれないことが、こんなに寂しいなんて」

「……」

今ここに、私が一緒にいるじゃない、と言えたら良かったのに。私には言えなかった。だって私たちは遠い。

開け放した体育館の扉の外からは雨の音が聞こえてくる。雨の音とダンスの音楽が混じって、私は今どこにいるのか判らなくなる。ピアノの音が止んだ。一組目の発表が終わり、ぱらぱらと拍手が聞こえてくる。二組目は「千佳ちゃん」たちのグループだった。私は意地悪な気持ちで、真淳ちゃんを弾き出した彼女たちがとてつもなく無様な姿を晒すことを願った。

が、笙《しょう》の音色から曲が始まり、四人の女生徒たちが踊り始めて私は唇を嚙み締める。彼女たちの選んだ曲は雅楽だった。しろうとの私の判断だが、「千佳ちゃん」は日本舞踊の人だ。しかもかなり早くから習っているであろうことがその足元から、指先から、窺える。ほかの三人は飾りみたいなものだったけれど、「千佳ちゃん」だけは完璧だった。

「……千佳ちゃん、綺麗」

私より百万倍しろうとの真淳ちゃんにも、「千佳ちゃん」のすごさは判ったみたいだ。噛み締めた唇が痛い。そして胸の奥がモヤモヤする。これはなんだ。この気持ちはなんなのだ。

あ、私、悔しいんだ。と、三秒後くらいに気付いた。授業中、大して練習もせずくっちゃべってばっかりだったあの「千佳ちゃん」が完璧に踊っていることが悔しいんだ。こんな気持ちを感じるときがくるなんて、と悔しさも忘れて驚いていたとき、

「でも、きっと平田さんのほうが綺麗だよ」

真淳ちゃんが言った。言ったあと、「絶対に」と自分に言い聞かせるように呟いた。

「ありがと」

鼓動を打つ心臓が痛い。私は膝の前で結んでいた手を解き、真淳ちゃんの腕にそっと触れた。真淳ちゃんは自分の手を解き、その手で私の指先をきゅっと掴んだ。

「平田さん、あなたそのダンス、何をどこで習った？」

すべてのグループの発表が終わり、教室に戻ろうとしていたとき教師に呼び止められ

た。

「別に、何も」

「ダンス部に入れば？　喜ばれると思うわよ」

「……私が入って喜ばれると思いますか？」

何か言いたげなままの戸惑い顔の教師をその場に残し、私は体育館を出る。扉を出たところに、僅《わず》かに頬をピンク色に上気させた真淳ちゃんが立っていた。見られたくないと思った。今の私を、見ないで。教師という立場の大人に初めて何かで認めてもらえたことに少しでも喜んでしまった、こんなみっともない私を、見ないで。

真淳ちゃんは私の気持ちを知ってか知らずか、手を取り、言った。

「足、捻《ひね》っちゃった。保健室ついてきて？」

そう言うわりに歩き出したら、その足取りはまったく問題なさそうに見える。

「お昼休みだけど」

「じゃあ照乃ちゃん、今、教室に戻れる？」

「……」

「私、戻れない」

昼休みのざわめきの中、保健室の扉を開けると養護教諭は留守だった。窓際にはカーテンの開け放たれたベッドがふたつ並んでいる。真淳ちゃんは扉を閉め、私の顔を見あげ、次の瞬間その瞳から涙を溢れさせた。

「ま……白川さん」

「私、照乃ちゃんみたいになれたかな」

「……」

「少しでも照乃ちゃんの近くに行くこと、できたかな」

それはこっちの台詞《せりふ》だ、と洟《はな》を啜《すす》りあげる真淳ちゃんを見つめ、ああもう駄目だと思った。涙を拭《ぬぐ》っていた手を摑み、私は部屋の奥のベッドまで真淳ちゃんを連れてゆき、その上に突き飛ばした。ぼふ、という音と共にあっけなく真淳ちゃんは掛け布団の上に倒れ込む。

「泣きたいのはこっちだよ!」

「照乃ちゃ……」

「なんであんたそんななの、なんで私にそんな優しくするの、なんで私にそんな顔見せるの! これ以上私を苦しめないでよ!」

「照乃ちゃんが好きだからだよ! 私だって苦しいんだよ、どうして判ってくれないの⁉」

ひぅっ、というヘンな音が喉《のど》から漏れ、私は床にへたり込み両手で顔を覆った。あとからあとから嗚咽《おえつ》と共に涙が溢れ出る。ベッドの上に起きあがった真淳ちゃんは、泣きじゃくる私の頭をそっと撫《な》でる。その手のひらは頭から耳へ、肩へ、そして私の手首を摑んだ。

「照乃ちゃん、こっちに来て」

「……」

「ずっと苦しかったよね。おいで。抱っこしてあげる」

涙の気配の残る声に誘われるように私は立ちあがり、私は真淳ちゃんの肩に顔を埋めた。そのまま真淳ちゃんはうしろに倒れ込み、両腕で私の身体をぎゅっと抱きしめた。柔軟材の匂いのするジャージの下の柔かな胸の奥から、真淳ちゃんの心臓の音が聞こえる。

「苦しいよ、真淳ちゃん」

どうしたら良いの。

「大丈夫、私と一緒にいれば苦しくない」

「一緒にいるほうが苦しいし怖いよ」

真淳ちゃんは抱きしめていた腕を解き、私の顔を摑み涙を指先で拭った。そして、唇を、私の唇に触れた。

あ、と思う。柔かなくちづけは永遠みたいに感じた。抗おうとしても動くことができなかった。苦しくて、どうしようもなかった気持ちの一部が泡になって弾ける。

「……怖く、ないよ」

唇を離したあと、真淳ちゃんは言った。再び涙が溢れ、このまま泣きつづけるくらいなら自分の気持ちを打ち明けたほうが楽だと思った。

「真淳ちゃん」

「なあに、照乃ちゃん」

「好き」

たった二文字の私の言葉に、真淳ちゃんは夏の空の下に咲く花のような笑顔を咲かせた。

期待に胸と下半身を膨《ふく》らませた童貞の中学生のような気持ちで教室に戻り制服に着替え、私たちは早退してタクシーに飛び乗った。ゆくさきは私の家だ。部屋へ入ると真淳ちゃんは躊躇なく制服を脱ぎ、私の制服を脱がせた。ベッドの上で私は彼女の身体を見下ろす。まだ幼さをたくさん残したその身体が、痛いほど愛しい。

ちらりと、日吉付属の男子の顔がよぎった。

――関係ない。だって真淳ちゃんは今、私の腕の中にいる。

くちづけを落とす。唇を割って舌が入ってくる。その先端にチョコレートはないけれど、真淳ちゃんの舌はとても甘かった。指先で頬を撫で、首筋をなぞる。ん、と真淳ちゃんは声を漏らし身を捩った。

「や、やっぱり恥ずかしい」

「……自分で服脱いだくせに」

「だって、照乃ちゃんに比べて私、胸小さすぎる」

私のだってそれほど自慢できるようなものではないけれど。そんなことないよ、と言って私はその小さな胸に触れた。小さなころ、あのシロツメクサの花畑で、私はどんな気持ちでこの胸に触れていたのだろう。ミルクティー色の乳首に指を滑《すべ》らすと、真淳ちゃんは腰を浮かせて高い声を漏らした。

「照乃ちゃ、あっ」

それを唇に挟み、軽く吸い付けばすぐにそこは尖《とが》って硬くなった。先端を舌で舐める。

「あ、んう……やぁっ」

切なげな声に身体の奥が熱を持って疼《うず》く。小さくて、可愛い私の真淳ちゃん。もっと鳴いて。もっと、これまでの私たちの距離を埋めるくらいたくさん、その声を聞かせて。

「やっ、あ、照乃ちゃ、気持ちい……」

「そう？」

「んっ、はぁ……っんっ」

執拗《しつよう》な私の愛撫にその声はやがて蕩《とろ》けそうなほど甘くなるが、潤《うる》んだ目をした真淳ちゃんは、私が彼女の脚の間に手を伸ばそうとするのを拒んだ。

「だ、だめ、まだ」

そう言うと真淳ちゃんは息を切らせながら瀕死《ひんし》の人みたいな状態で起きあがり、私を下に組み伏せた。

「えっ、ちょ、真淳ちゃん」

「私だって、照乃ちゃんを気持ち良くしたいの」

そう言って真淳ちゃんはいきなり私の乳首に吸い付いた。

「あぁんっ」

「だめだよ、照乃ちゃん声が大きい」

真淳ちゃんは顔を離し、私の口の中に左手の人差し指と中指を突っ込んだ。

「噛んでて良いよ。だから声は堪《こら》えてね」

その指に舌を這わす。通学鞄の革のにおいがする。再び乳首に与えられた刺激に私は指を噛み締めた。痛いだろうに、真淳ちゃんは「もっと強く噛んで良いから」と言って私の身体の彼方此方《あっちこっち》を撫でながら執拗にそこを舐めた。

指を噛むたびに腰が浮く。口が閉じられないから、口内に溜《た》まった唾液が身を捩るたびに唇の端から垂れて、もつれた髪の毛をべたべたに濡らす。

——私たち、この先、どうなるんだろう。

あられもない自分の喘《あえ》ぎ声を聞きながら思う。

今ここに真淳ちゃんはいて、疑いようのないくらい優しい愛撫をくれて、私は彼女の指や舌先に応えて身体を震わせている。でも、今日のこの刻を終えれば、明日、否、一時間後さえどうなっているか判らない。

「照乃ちゃん」

「真淳ちゃん、さっき保健室で、私に『こっちに来て』って言ったよね？」

「うん」

「真淳ちゃんも、来て。一緒に」

私は起きあがり、脚の付け根の上に乗っかった体勢の真淳ちゃんを両手で抱きしめた。秋なのにふたりとも僅かに汗ばんでいて、ぴったりとくっついた肌が気持ち良かった。

耳のすぐそばに真淳ちゃんの吐息を感じ、身体の奥がぎゅっとなり、向こう側に倒す。脚の間に指を滑らせ、奥のほうから溢れ出る蜜を指先で掬《すく》い、硬く膨らんだ突起を撫でる。鋭い声をあげて真淳ちゃんは身を捩った。

「や、恥ずかしい、照乃ちゃんは」

「私別に恥ずかしくないけど」

「違うの、あの、ちゃんと……濡《ぬ》れてる？」

私は彼女の手を取り、自分の脚の間へと導いた。おずおずと触れたその指が、くちゅ、と湿った音を立てる。私の下で真淳ちゃんは嬉しそうに笑う。

「良かった」

うん、と頷き、私は彼女の片足を担ぎあげた。信じられないくらい身体の硬かった真淳ちゃんは、最近柔軟運動をしていたらしく、その踵《かかと》は私の肩の上に軽々とひっかかる。まばらに生えた毛の奥に濡れて潤んだ花がひっそりと咲く。そこに、私は自分の脚の間を押し付けた。

「……っ！」

私は脳天を貫いた甘い棘《とげ》に息を止める。真淳ちゃんは私の腕を摑んで小さな爪を立て身体を仰け反らせた。

溢れる、と思う。私たちの身体から、涙の代わりに、苦しさや怖さや意地悪な気持ちが、透明な何かになって、出てゆく。中学一年の夏休みに再会したとき、まさかこんな日がくるなんて思わなかった。膨らんだ突起が擦れあうたび、泣く代わりに甘い喘ぎを漏らすたび、私たちを阻んでいた様々なものたちが流れ出てゆく。

「や、いや、照乃ちゃん、なにこれ怖い、やめて」

すすり泣くような声で真淳ちゃんは目を潤ませ、私に懇願した。

「怖くないって、さっき、真淳ちゃんが言ったんだよ」

私の答えも、途切れ途切れになる。そしてより強く腰を擦りつけた。

「や、でも、違うの、あ、あああぁぁぁっ！」

腕を掴んでいた真淳ちゃんの指が、痛いくらいに食い込み、次の瞬間、何かに取り憑《つ》かれたかのように激しく身体を痙攣《けいれん》させた。あばらの骨が何度も浮きあがる。その中にあるすべてをこの手で掻《か》き出して、代わりに私の心臓を埋め込めれば良いのに、と思いながら少しのちに私も身を震わせた。

母親たちが帰ってくる前に、私はタクシー代を渡して真淳ちゃんを家に帰した。玄関の外には既に夕食が宅配されており、私はそのパッケージを持って中に入る。今日は中華だった。

キッチンで取り分けてユリカの部屋へ持ってゆこうと吹き抜けのリビングに向かい、階段を上ろうとしたところで、斜め上からつむじのあたりに視線を感じた。

廊下の手摺《てすり》に摑まって、全身ピンク色のメイド服を纏ったユリカが私を見下ろしていた。

「……部屋の外、出れたの？」

「あんた、どうすんの？」

声が同時に発せられたが、お互いの言ったことは聞き取れた。

「どうすんの、って、何が」

「風呂にも入ってるし部屋の外には出れるわよ。あんた、さっきのあれ、女の子でしょ、どうすんの」

聞いてたのか、この変態。

「あんたには関係ないでしょ」

私は階段を上り、ユリカに盆を押し付けた。なんだったんだ今までのこの労働。部屋の外に出られるなら自分で食事くらい取り分けてひとりで食べてほしい。

「だって、女の子でしょ？」

「だから何。自分だって女装してる引きこもりの変態のくせに、人のことアレコレ言う資格なんかないと思うけど？」

「違うわよ、そんなんじゃない。あんた、来週からマカオだよ？」

「は？」

既にユリカに盆を渡しておいて良かった、とおかしなところで安心した。たぶん自分で持っていたら取り落としていたと思う。

「なにそれ？」

「あたしだって知ってんだからあんたが知らないわけないでしょ、あっちのカジノのオーナーと見合いさせられるのよあんた、あのアバズレが言ってたでしょうが」

この身体に残っていたたくさんの幸せの残滓《ざんし》が、音を立てて砕ける。

少し前にユリカは、「小さいときはちゃんとあんたのこと愛してたんじゃないの？」と、母親を評した。

愛されていたわけがない。やっぱり私はあのころのまま。彼女の持ち物にすぎないのだ。

9話

私は幸せなのだろうか、とときどき思う。親の金で良い高校に通わせてもらい、ある程度母親の横槍は入るが、それほどの不自由はなく暮らせている。千佳ちゃんたちからは相変わらず無視されているけれど、今私の隣には、照乃ちゃんがいる。そのことを鑑みて、再び自分に問うのだ。今、私は幸せなのだろうか。

この先もし照乃ちゃんが男の子を好きになったりしたら、私は耐えられるだろうか。彼女が好きになる「女の子」は私しかありえない。それだけは判る。だって私たちは運命だ。でも。生物学的に女同士では繁殖ができない。私たちがまだ、さなぎのままだとしたら。もし孵化《うか》したとき、男を求めるようになったら。

生物の授業のとき、それを顕著に感じる。小学校も中学校も、同じだ。女の子のお喋りはだいたい男の子の話題ばかり。三年生になる少し前に千佳ちゃんたちにも、仲良しの男の子のグループができたらしい。二駅下ったところにある国立の男子校の生徒たちだ。

結局、女同士では生きていくことができないのか。

私は自分の選び取った選択が間違っているとは思わない。そして初めて照乃ちゃんと肌を合わせたとき、これ以上の幸せはもう二度と訪れないと思った。

——でも。

「何点だった？」

「まだ480」

奥井《おくい》とＴ《ト》ＯＥＦ《フ》Ｌ《ル》の点数の話ばかりしている。渋谷のとてつもない喧騒《けんそう》を身近に感じるファストフード店で、私たちは同時に溜息《ためいき》をついた。

「私も。足りないなー」

「白川、語学学校に通いながらじゃだめなの？」

「イヤなの。早く入学して早く卒業して自活したいの。奥井だってそうでしょ」

「ああ、うん。でもうちわりと金あるから」

グリーンカードを取得する。それが私と奥井の目標だった。奥井は中学卒業と同時にそれを決めていたそうだ。同性愛者であることを自認し、より自由に生きられるよう将来を見据えた選択だった。私は純粋に、人生の筋道を見付けた彼のことが羨《うらや》ましい。家族にも既に「留学したい」と伝えて、合意を得ている。

私はまだ、家族には言えていない。父親は順調に出世し、母の心の病気もだいぶ良くなっている。しかし筋金入りの箱入りひとり娘である私が、海外で学びたいなどと言い出したら、母親はまた私の髪を摑んでベランダに引き摺り出し、突き落とそうとするかもしれない。それが怖い。もう何年も前のことなのに、思い出すたびにあの恐怖は克明に蘇る。

身震いをしたら、「寒い？」と奥井が尋ねてきた。

「ううん、大丈夫」

答えると奥井は緩《ゆる》く微笑《ほほえ》み、鞄からテキストを取り出し、狭い机に開くと目を落とした。私は束の間その長い睫毛《まつげ》を見つめる。中学のころは単に中性的な男の子だった。けれど今は、美しくて、額から鼻にかけて描かれた緩やかなカーブは芸術的ですらある。

「……私、奥井が女の子だったら、照乃ちゃんとどっちにしようか悩んでたかもしれない」

「なに、いきなり」

奥井は顔をあげ、怪訝そうに私を見た。

「最近、照乃ちゃんがあんまり会ってくれないの」

「え？　愚痴《ぐち》？　それとものろけ？」

「たぶん愚痴」

「じゃあ適当に喋ってて。適当に聞くから」

再び奥井はテキストに目を落とす。

照乃ちゃんが、最近私を避けている。それは間違いない。私たちが肌を合わせたのはあの一度きりだ。どちらかと言えば私が誘ったのだが、我ながらどうかしていたと思う。幼稚園児のときにお互いの身体を触りあった記憶はあるし、今でも思い出すと脚の間が疼くけれども、成長してからのそれとはぜんぜん違った。幸せすぎて死んでしまうかもしれないと思い、どうかしていると思った。

こんなに好きになってしまったら、失ったときに本当に死んでしまうかもしれない。

二年生になって私たちはクラスが離れた。学年の女王である千佳ちゃんにシカトされている私は新しいクラスでもあまり馴染めずにいた。けれど千佳ちゃんたちのようにこそこそと笑われたりするわけでもなく、ただいないものとして扱われるだけだ。思っていたよりも辛いけど、私には照乃ちゃんがいるから大丈夫、と、たかをくくっていた。

私はまだまだ、照乃ちゃんよりも弱い。

わりと偏差値の高い中園には、付属の大学がない。従って良い大学に進学しようとしている生徒たちは二年になったころから本格的に予備校に通い始める。私は親に「どうしても英語だけは塾に通いたい、苦手だから」と嘘をついて英会話学校にだけ通っている。そしてもうひとつ「週に三日」と嘘をつき、そのうち二日はアルバイトをしている。絶対に親と遭遇しないであろう、売れない劇団員みたいな客しか来ない薄暗い喫茶店で。もちろん高校ではアルバイトが禁止されているが、もはや老婆と言って良いような年齢のオーナーもそれを知った上で雇ってくれた。英会話学校のある駅に程近い、雑居ビルの地下だ。働き始めてまだ二ヶ月だけど、サンドイッチの作り方もコーヒーの淹《い》れ方もすぐに憶えた。

客のいない時間、カウンターの中で勉強をしているとき、たびたび照乃ちゃんのことを考える。私たちが離れていた期間について照乃ちゃんはあまり話してくれない。お母さんが結構なお金持ちと再婚したことは、あの家の様子からして察しがつくが、ダンスを習っていることや私と一緒にいないときは何をしているのかなど、詳しいことを尋ねると言葉を濁される。年末には私に何も言わずに、一週間学校を休んだ。心配になって家へ行ってみたけれど誰も出てこず、何をしていたのか尋ねても「ごめんね」としか返してくれなかった。

——でも。

私もそれは同じことだ。照乃ちゃんに訊かれないから奥井のことは話していない。私が留学したいと思っていることも、照乃ちゃんは知らない。

はあー、と長い溜息をついたと同時に扉が開いて客が入ってくる。気持ちを切り替え、椅子《いす》から立ちあがって接客する。ほぼ毎日来ている、杖をついたよぼよぼのおじいさんだ。注文はいつも「ホット」だけど一応注文を取る。やっぱり「ホット」だった。

「オーナーは？」

「今日は腰痛がひどいとかでいらしてません。伝言お預かりしましょうか？」

「ああ、雨降ってるもんなあ。私も膝がいたくてなあ」

二ヶ月働いてきて、このおじいさんはオーナーに片思いしていることをなんとなく察した。しかも会話の内容からしてふたりはこの土地に古くから住む幼馴染だ。

「おねえちゃんもなんか飲みなさい、お客さんいないんだから休んじゃいなさいよ」

ブレンドを淹れて運んでゆくと、おじいさんに席に座るよう促された。まあいいか、と思って、冷蔵庫の中からオレンジジュースを出してグラスに注ぎ、席に持っていった。

「ねえおじいさん、オーナーのことといつから好きなんですか?」

私が尋ねるとおじいさんは「昔から」と、白く輝く並びの良い歯を唇から覗《のぞ》かせて嬉しそうに答えた。休んじゃいなさいよと誘っておきながらそれきりおじいさんは何も喋らず、私も何も尋ねることもなく、聞いたこともないような歌謡曲が小さな音で流れる店内で、お互いに想う人のことを考えていた。


「ねえ白川さん、日吉付属の男の子と付き合ってるって本当?」

いきなりそんなことを聞かれたのは中間試験が終わり、更に夏服になってだいぶ経ち、そろそろ夏休みに入るころだった。

「え、なんで?」

ずっと私に声すらかけてこなかった数人のクラスメイトたちの突然の問いかけに、私はそんな間抜けな返答しかできなかった。

「シブツタで一緒にいるとこ見たって、三国《みくに》さんが」

「いいなあ、日吉付属の男子。エリート確定だもんねえ」

なんと答えれば良いものか、逡巡《しゅんじゅん》する。私は千佳ちゃんたちから孤立するために、奥井と付き合っていると自ら彼女に言った。そして照乃ちゃんと同じ立場まで堕ちた。

付き合ってる、と明言する必要はないだろう。どうせ下世話な勘繰りで彼女たちは付き合っていると断定する。

「一緒に勉強してるだけ。同じ中学だったの」

「羨ましいー。私たち中学からここだから男子の友達とかいないもん」

彼女たちからすれば本気で羨ましがっているのかもしれないが、私が聞いたらこれは優越感に満ちたただの自慢だ。

「ねえ、合コンしてくれない？」

やっぱりそういう話か、と思いながら私はちょっと笑う。

「そんなことしたら千佳ちゃんたちにハブられるよ」

「関係ないよ、千佳ちゃんだって彼氏できたし」

「え、よく吉祥寺《きちじょうじ》駅で待ち合わせてる子たちでしょ？　友達じゃないの？」

違う違う、と彼女は眉《まゆ》を顰《ひそ》めて言う。バイトや英会話学校にゆくとき、駅の近くでよく他校の男子生徒たちと一緒にいるのを見かけていたのだが、その男子たちのひとりに千佳ちゃんのステディがいるのだそうだ。

「もうぜんぶ済ませたらしいよ」

ぜんぶって、キスだろうか、セックスだろうか。ぼんやりと考えていたら、「じゃあ合コンの件、よろしくね」とクラスメイトたちは私の腕を叩き、笑いながら放課後の教室を出て行った。

私は少し放心したあと気を取り直して照乃ちゃんの教室に向かった。クラスが分かれてから、照乃ちゃんはまた欠席が増えた。携帯電話を持ってない私は、移動教室がない日は照乃ちゃんが学校に来ているのかいないのか、放課後になるまで判らない。扉越しに中を覗くと、やっぱりいなかった。代わりに帰り支度をしていた由美ちゃんと目が合う。バツが悪そうに彼女は私から目を逸らした。

日常の均衡《きんこう》はふとしたとき、気付かないほど静かに崩れる。千佳ちゃんや耀子ちゃんと仲良しだった由美ちゃんはあのあと彼氏のいることがバレて、一学年の終わりごろにあの集団から弾き出された。別荘でのお食事要員としては、別のグループの子が仲間に引き入れられた。由美ちゃんにもちゃんとお友達ができたらいいな、と思いながら、私は踵《きびす》を返して昇降口に向かう。

しかし夏休みに入ってから私たちは再び、頻繁に会えるようになった。喫茶店のオーナーの体調が悪くなり、バイトに入る日数が増えた。私は週に一度英会話学校に通い、相変わらずヒマな喫茶店でバイトの名目で勉強をしながら、照乃ちゃんが訪れるのを待つ。親には「図書館で勉強をする」と言ってある。夏期講習に通いなさいと言われたが、成績表を見せて黙らせた。

夏休み前に照乃ちゃんは私に、英語を教えてほしいと言ってきたのである。

——照乃ちゃん、まんべんなく全教科の成績悪いのに、英語だけで良いの？

不審に思って尋ねた。私なら全教科教えられるし、少し邪《よこしま》な考えで、そのぶん長く一緒にいられると思ったのだ。

——いいの。喋れるようになりたいの。でも私ほら、バカだからさ。

教室とか通いたくないんだよね、と照乃ちゃんは照れたように笑った。嗚呼《ああ》、可愛いな。

「あ、ちがう。そこは"have been to"」

カウンター席で中学生用の教材と向かい合っている照乃ちゃんに、私はたびたび間違いを正すために声をかける。

「"gone"じゃないの？」

「うん。現在完了形なの。gone だと『行ってしまった』っていう意味になっちゃう」

喋れたらかっこいいじゃん、という照乃ちゃんの単純明快な学習理由は清々しい。一時間半勉強して、三十分休憩する。休憩ごとに新しい飲み物を頼んでくれる照乃ちゃんを、劇団員のお客さんは少しでも見習ってほしい。今日もアイスコーヒー一杯で三時間以上六人席を占領している。オーナーなら図々しく追加注文を取りにいけるのだが、私には怖くてできない。

私が六人席のほうを見ていたら、こちらを向いて座っているうちのひとりと目が合った。一番年上の男の人で、風貌的にたぶん偉い立場の人なのだと思う。慌てて目を逸らしたが、視界の端でその人が立ちあがるのが見えた。

「あの、ちょっといいかな」

しかしながら、その人が話しかけたのはウェイトレスの私ではなく、向かいに座っていた照乃ちゃんだった。

「ぁあん？」

照乃ちゃんはアイスティーのストローを口に入れたまま、その人に向かってすさまじい勢いでメンチを切った。

「うわ、怖い」

「てめえ見たら判んだろ、こっちは勉強中なんだよ邪魔すんじゃねえよ」

「ごめんごめん、ナンパとかじゃないんだ。君、新宿のアーレスでバーレスクショー出てるダンサーの子だよね？」

男の発言から一瞬遅れて照乃ちゃんの顔にさっと朱が差した。違う、と言う前に男は言葉をつづける。

「君のこと探してたんだ。次の舞台に踊れる子が必要なんだ。協力してくれないかな」

「いやだ」「ダメです」

照乃ちゃんと私の声はシンクロした。男は今度は怪訝そうに私を見る。いやだ、照乃ちゃんが男の人と一緒に何かをするのは絶対にいやだ。近くにいたらもしかしたら私より男の人を選ぶかもしれない。

「……本人に断られるなら判るけど、なんで君がそんなこと言うの？」

「だって照乃ちゃんバカだから勉強しないと高校卒業できません」

新宿のなんとかでバーなんとかショーとやらに、私に内緒で出場だか出演だかしていたことを、見知らぬ人から知らされた不愉快さも相俟《あいま》って、私の声は我ながら刺々しかった。

「照乃ちゃん、ほんとにそんなの出てたの？　なんで？」

「……ごめん」

「照乃ちゃん、自分の成績が悪いって自覚あるの？　本当にこのままの成績じゃ卒業できないかもしれないんだよ？」

照乃ちゃんは黙ってうなだれる。その様子を見ていた男が再度口を開いた。

「ねえバイトちゃん、君って中園女子の生徒だよね？てことはその子も中園だよね？あそこって、アルバイト禁止だよね？」

斬り殺す勢いで照乃ちゃんが男を睨みつけた。数秒遅れて私もその言葉の持つ意味を理解し、自分の迂闊《うかつ》さと相手への憎悪に顔が熱くなった。

――なんて、なんて汚い人。

「大丈夫。協力してくれたら、ふたりとも内緒にしておいてあげるから」

――大人って最低。男って、最低。

「そんなこともねえよー」

私の憤りに、奥井はへらへらと笑って返した。渋谷の喧騒は相変わらずで、夏休みということもありいつも以上に若い男女でにぎわっていた。

「奥井は別だよ。だって男って感じしないし、大人じゃないし」

しかも調べてみたら、新宿のアーレスというのはお酒を出すナイトクラブで、バーレスクショーというのは下着みたいな衣装でストリップみたいなダンスを踊るいかがわしすぎるショーだった。もう、何やってんのよ照乃ちゃんのバカ!!

「あのさあ、その子、平田照乃ちゃん、だよね？」

紙コップの中で薄まったコーラを音を立てて啜っていると、教えたはずもないのに奥井が照乃ちゃんの苗字を口にした。

「なんで知ってるの？」

「俺の高校の同じクラスに、その照乃ちゃんのダンス仲間たちとつるんでる男がいるんだよ。大変みたいだよ、家のことで」

意外なつながりがあったことに驚くと同時に、私は尋ね返す。

「え、でも照乃ちゃんち、お金持ちだよ？」

「うん。でも小遣い止められてるんだって。付き合い悪くなったってあいつがぼやいてた」

「あいつって？」

「だから、そのダンス仲間とつるんでる男。コミヤタカシ。前に照乃ちゃんにふられたらしいけど、まあ今は友達だって」

油断も隙もありゃしないったら！ 怒りでくらくらと眩暈《めまい》がする。照乃ちゃんにダンスつながりのお友達がいることは知っている。そのお友達が男女混合であることも知っている。そして女の子たちは照乃ちゃんが私と付き合っていることも知ったうえで受け入れてくれたのだと言った。だから許してたのに。私が会ってみたいと言ったとき「心配だから会わせられない」と断られても我慢してたのに。

「ていうか奥井、そういう友達いるんだ。うまくやってるんだね学校で」

「うん。俺、イケてる男子グループに入ってるんだよ。信じらんないよね」

綺麗な顔してるもんなあ、と、私は恥ずかしそうに笑う奥井を見て溜息をついた。

お小遣いを止められてるって、何があったんだろう。私は一昨日見た照乃ちゃんの悔しそうに赤く染まった顔を思い出す。結局あの劇団の男は脅迫以外の何物でもない方法で、照乃ちゃんを稽古場《けいこば》に連れて行った。何かされそうになっても大丈夫、私強いし刃物持ってるから。と、怒りと不安を隠せないでいる私に照乃ちゃんはそう言って、男についていったのだった。

お金に困っていたなら、少しなら私が助けてあげられたのに。一緒に団地で暮らしていたころ、母の目を盗んで照乃ちゃんの好きなチョコレートを貢いでいたことを思い出す。私、照乃ちゃんのためなら、なんでもするのに。

そのとき私は、クラスメイトたちから「日吉付属の男子と合コン」を頼まれていたことを思い出す。あのあとも何度かお願いされ、携帯電話の番号まで渡されていたのだ。

「……ねえ奥井、お願いがあるんだけど、合コンしてくれない？」

「……はっ？　あなたいつの間に男に興味が？」

「違うの、そのコミヤって人に会いたいの、あとクラスの子にも頼まれてたの、今まで忘れてたけど」

「えー、なんか変なこと考えてない？　そんな場でバレたら俺も白川もあと一年半、学校で暮らしていけなくなるよ？」

「大丈夫、うまくやるから」

あんなふうに照乃ちゃんを売るようなヘマはもう絶対しない。照乃ちゃんは私に隠し事をしていた。それなら私が裏で照乃ちゃんの情報を得ることは誰にも責められないはずだ。

一週間後、真夏の暑い盛りに、新宿のがやがやと五月蠅《うるさ》い居酒屋で、そのコミヤという人が合コンをセッティングしてくれた。男子五人と女子五人。大して仲良くもないクラスメイトたちは、めいっぱいおしゃれをしてその場に集まってきて、私に媚《こ》びた態度で「ありがとう」と言った。

「どの子が彼氏？」

「あれ。あのほっそいダッサい眼鏡の子」

私は大音量でがなりたてる男子たちに隠れて一切目立たない奥井を指差した。普段の私服はとてもセンスが良いし眼鏡なんかかけてもいないのに、女にモテない対策のつもりらしい。

「ああー……なんか白川さんっぽいねえ」

「でも私、今はあの子狙ってるから手を出さないでね」

と、私は髪を茶色く染め、銀のアクセサリーを耳と首と腕と指にじゃらじゃらと着け、尻《しり》が半分出るほどズボンをずり下げた『コミヤタカシ』を小さく指差した。ああいうのが奥井と同じ学校にいるとは。クラスメイトたちは、「あれはチャラいよー、気をつけなよー」と苦笑交じりに言うが、実際コミヤにはあまり話しかけないでいてくれた。

慣れないお酒で顔を赤くし始める彼女たちは、奥井を含めた四人と「好みのタイプ」で盛りあがっている。私は席を移動し、コミヤの隣に座った。

「あ、えーと、真淳ちゃん？」

「うん。コミヤ君だよね。そんなかっこいいのに日吉付属で頭良いなんてすごいね？」

「マジ？ やべー真淳ちゃんにかっこいいって言われたよ俺！」

他の男子たちは笑いながら「バーカ」と言ってこちらを見るが、私はそれを睨みつけて再びコミヤに向き直り、「かっこいいよ」とにっこり笑ってみせた。実際にはそれほどでもないんだけどなあ。こんな嘘つけるようになった私って汚れたなあ。

キューバリブレという名前のカクテルを飲みながら、コミヤは一生懸命私を笑わせようとしてくれた。私も一生懸命笑った。よし、これで心は解けた、と確信したあと私は、

「でもコミヤ君、好きな女の子がいるんだよね。奥井に聞いた。綺麗な子なんでしょ」

と悲しみに暮れた表情を作り目を伏せた。饒舌《じょうぜつ》だったコミヤは「えっ、いや、あの」と途端にしどろもどろになる。

「うん……でも最近会えないからなあ」

「なんで？ 冷たい子なの？」

「いや、そういうんじゃなくて、俺もまた聞きなんだけど、親の会社が危ないらしくて、家計助けるために今働いてるんだよね。時給良いから、俺のオヤジが経営してる店紹介して」

……おまえが元凶か！ 私は殴りつけたくなる気持ちを抑え、「大変なんだね」と言った。

「卒業したらアメリカ、行きたいんだって。俺は会社継がなきゃいけないから一緒には行けないんだけど、応援だけはしてやりたくってさ。ダンスやってる子なんだ。すげー綺麗なの。いつかブロードウェイの舞台に立ちたいって、今はボイトレにも通ってるら

しいんだ。だから忙しすぎて会えないの」

コミヤの呟くような言葉に、今度は私が殴られた気分になった。アメリカに行きたい、なんて。そんなこと、私には一言も話してくれなかったじゃない、照乃ちゃん。

私が下唇を噛んで涙を堪えていると、再びコミヤは慌てふためき、

「いや、真淳ちゃんすげー可愛いよ、なんていうか俺の周りにはいないタイプでちょっと緊張しちゃって、ごめんね他の女の話なんかして、ほら飲もうぜ！」

とまことに見当違いなことを言って私の肩を抱いた。私はその手を振り払い、席を立つ。

「ごめん私、気分悪くなったから帰る」

「白川！」

同時に奥井が席を立ち、私を店の外まで追いかけてきた。ビルの外に出ると、ぱらぱらと雨が降り出していた。雨に湿った地面のにおいと肉の焼けるにおいと下水のにおいが入り交じって本当に吐きそうになった。

「どうした」

迷路のような人ごみと喧騒の中、足早に歩く私の腕を摑み、奥井が尋ねる。

「照乃ちゃん、私に隠し事してた」

「どんな」

「アメリカに、行きたいって」

「それは白川だって同じだろ。言ってないんだろ、留学のこと」

判ってる。私だって照乃ちゃんに言ってない。離れるのが怖くて、こんなにも好きになってしまったことが怖くて、フィジカルな距離と共に心まで離れてしまうのではないかと、怯《おび》える。

私は頭脳明晰《めいせき》で、それだけが取り柄だった。アメリカに行けば日本よりも早く大学を卒業してお金が稼げて、そのお金で照乃ちゃんを呼び寄せ、ふたりで暮らそうと思っていた。でも私は今現在まだ子どもで、何もできない。

私たちの夢は、偶然にも同じ「アメリカに行くこと」だった。なのに、お互いにそれを知らなかった。そして夢は別々の方向を向いていた。涙が溢れる。

「私、こんなことしてる場合じゃないのに」

「白川」

「こんなところでのうのうと『十七歳の夏休み』を満喫してる場合じゃないのに」

悔しくて、立っていられず私はその場に蹲《うずくま》る。早く大人になりたい。大人になってお金を稼いで、照乃ちゃんを養えるようになって、何も不安など感じることなくふたりで一緒にいられるようになりたい。それなのに、高校卒業まであと一年半もあって、今の私にとってそれはとてつもなく長い。私の隣では、かけるべき言葉を慎重に探している奥井が、ひんやりとした手をしゃがみ込んだ私の肩に置いた。

「帰ろう、近くまで送っていくから」

しばらくののち、私はその手に縋って立ちあがった。差し出されたタータンチェックのハンカチで顔を拭き、いくつか瞬《まばた》きしてから顔をあげた。

「……あ」

としか、声が出せなかった。私の視界の中心には、女の子が立っていた。照乃ちゃん、と、掠れた声のひとつも出なかった。私は今奥井に身体を支えられ泣き顔で、そうなるまでの一連のできごとを、照乃ちゃんはおそらくずっと見ていた。

「……ちょうど良かった」

私よりも先に、照乃ちゃんが不自然な顔をして笑った。そして肩にかけていた大きなバッグから、B5くらいの大きさの紙を取り出して私たちの前に差し出した。

「このあいだ誘われた舞台。良かったらふたりで観にきて？　私、踊るから」

違うの照乃ちゃん、この人はただのお友達で、彼氏でもなんでもないの。そう伝えたいのに私の喉は引き攣《つ》れたように固まったままだ。隣で奥井が、「ありがとう」と言って照乃ちゃんから紙を受け取った。

「じゃあね、白川さん」

照乃ちゃんは他人の顔をして手を振り、私たちの横を、すり抜けてゆく。

心が、いろいろな痛みに軋《きし》んだ音を立て、私はただ奥井に借りたハンカチを握り締めた。


私は幸せなのだろうか。

下北沢《しもきたざわ》の小さな劇場の前で、私は古ぼけた観音扉を見ながら考える。「オーナーのこといつから好きなんですか?」と尋ねたとき、「昔から」と躊躇《ためら》うことなく答えた老人は、あんなふうに答えられるようになるまで、どれくらいの年月がかかったのだろう。生まれてからたかだか十七年の年月に「昔」という時代が存在するならば、私は「昔から」照乃ちゃんが好きだ。肌を合わせたときに思いは通じ合ったと思っていた。それがどうして、少し時間が経つだけでこんなふうにすれ違ってしまうのだろう。

白川、と名前を呼ぶ声が聞こえて私は振り返る。予備校帰りの奥井が、手の甲で額の汗を拭いながら階段を上ってきていた。

「入らないの?」

「なんか、どうしようって思って」

律儀にも奥井は「フライヤー受け取っちゃったし」と言って二千五百円の前売りチケットを買ったのだった。私がまだ扉の前でモタクサしていたら、「あのさあ白川」と奥井は、わざと明るく振る舞うような声で言った。

「なに」

「俺、白川と照乃ちゃんに、期待してるんだよね」

「なにそれ？」

「白川たちが、きちんと女同士で恋愛して、成人して、その先もずっと一緒にいられたなら、俺ももしかしたら受け入れてもらえるんじゃないかって思って」

「期待するスパンが長すぎるよ……」

高校卒業までの一年半でさえ焦れている私に、そんな未来を期待されても困る。そう反論すると、奥井は笑う。

「じゃあ成人まで、でもいいや」

同性に惹かれるのは一時の気の迷い、だとか、若気の至り、だとか言う大人はたくさんいるんだよ。と奥井は言う。

「もちろん白川がそんな気持ちじゃないのは知ってるよ、俺だってたぶん変わらないと思う。女とは付き合えないと思う。だから、そうじゃないんだって、白川が証明してよ、まず俺に」

私は幸せなのだろうか。そんな問いが再度胸のうちをよぎる。

「……奥井、あなた良い人だよね」

「自分でもそう思うわ」

照乃ちゃんに対する怒りや悲しみみたいなものは、まだ消えない。でも、夏休みが明けたら、私も別の目的でアメリカに行きたいんだということは話してみようと思った。私が行きたいと思っているUCLAは西海岸、照乃ちゃんが目指しているブロードウェイは東海岸にある。日本の南北端よりはるかに遠い。それでも。

「入ろう、そろそろ始まっちゃうよ」

「うん」

ばすん、と音を立てて奥井が劇場の扉を開けた。

10話

どうして、と泣いた真淳《まじゅん》ちゃんの顔が忘れられない。

どうしてもっと早く話してくれなかったの、どうして言いなりになるの、どうして私を頼ってくれなかったの。

一ヶ月前のことだ。本当は黙って消えるつもりだった。でも、真淳ちゃんに話をしても話をしなくてもどちらにせよ、十八歳ぽっちの子どもに、大人が決めた未来を変えることはできない。

どうしてなんだろう、と自分でも思う。きっと真淳ちゃんの前で、私は強くありたかった。弱いところを見せることなんて、みっともなくて耐えられなかったのだろう。結局、耐えられなくなって一ヶ月前に話をしてしまったけれど。

今、成田《なりた》へ向かう電車の中で私は、日本とは思えないような荒涼とした草っぱらがうしろへ流れてゆくのを汚れた窓から眺めつつ、少しだけ後悔していた。東京の生活に、知らないうちに慣れていた。あの団地から少し離れたら、こんな草っぱら、いっぱいあっただろうに、今まで忘れていた。真淳ちゃんと出会った場所だというのに。

もっと真淳ちゃんに、自分の内側を見せれば良かった。どんなに私が弱くても汚くても、彼女は受け入れてくれただろう。私が彼女を好きなのと同じくらい彼女が私を好きでいてくれていることは、判っていたのに。結局私は彼女のことを信用していなかったのだろうか。いつか離れていってしまうと、思っていたのだろうか。

真淳ちゃんには、日本を発《た》つ日は知らせていない。

今日は、卒業式だった。

——アキ、おまえプロ目指せよ。

タダヨシに言われたのは、真淳ちゃんと肌を合わせた数日後、皆で集まって踊った日だった。

——何言ってんの、無理に決まってるじゃん。

汗を拭いて水を飲み下したあと、私は笑いながら答えた。しかし、心臓は跳ねあがった。同じことを、私も考えていたからだ。

十六年無為に生きてきた私には今まで誇れるものが何もなかった。なりゆきでタダヨシとミチカに出会い、なりゆきで居場所を求め、彼らを真似てストリートダンスを始めた。単純に私の身体は喜んだ。何かを、する、ことに。

蓄積されたものは諦念《ていねん》だけだった私の身体は、踊ることを求め、手当たり次第にいろんなジャンルのダンスに手を出し、方向性を固めていった。私の意思じゃない。私の身体の意思だった。踊ってゆくうちに、私の身体が求めているのはヒップホップではないと気付き、バレエでもないことを感じ、行き着いたのはミュージカルだった。

感情を、言葉で表すことができない。相手に伝えることが、できない。そうやって生きてきたから。十六歳というのは世間的には子どもだろうけど、子どもからしたらじゅうぶん大人である。感情の波が安穏と自分では思ってた。しかし、レンタルビデオ屋でDVDをしこたま借りてマンキツで片っ端から観てゆくうちに、私は泣いていた。

こうして、自分を解放してあげることができるのだと、歌って踊るという手段で人に何かを伝えることができるのだと知った、おそらく安堵《あんど》の涙だったと思う。何かに夢中になるなんてみっともないと思っていた。実際にダンスをしている仲間たちも、どこか斜に構えた態度で踊っている気がしていた。ナトリはいつまで経ってもへたくそだし、タダヨシはもともと挫折《ざせつ》をした類の人なので、端から踊りに覇気がない。

だから、プロを目指せと言われたとき、周りの子たちが真剣な顔をしてタダヨシに同意したのは、冗談、というかバカにされているのかと思った。

翌週の集まりで私は、「目指そうと思う」と彼らに告げた。ストリートダンスではなく、群舞で構わないからミュージカルをやりたいということも告げた。ボーカルレッスンを受けろと言ったのは彼らだ。英語を本気で習えと言ったのも彼らだ。私はある意味で、彼らの鉄砲玉（極道的な、先陣を切るという意味で）になった気分だった。彼らにもおそらくなんらかの夢がある、もしくは希望を欲しがっている。それを言葉には出さずにそれぞれの進むべき道を模索している。

——私が、もし本当に願いを叶えたら。

もしかしたら、彼らも何か、救われるのかもしれない。

しかし翌年の春、父親の会社が傾き始めた。簡潔に言えば、スッカラカンになった。経理に雇っていた外国人の社員が売りあげをごっそり持ち逃げしたらしい。行方は判らないという。母親は半狂乱になり、なんでそんな得体の知れない人を雇ったのだと大喧《おおげん》嘩《か》をしていたが、そのとき、父がその男と母国を同じくする人であることを初めて知らされた。彼女は悪態の限りを尽くし、私を置いて家を出て行った。もちろん、家の中にあった金をごっそりと持ち出して。

母親に捨てられるの、何度目なんだろう私。家の金庫と同じようなスッカラカンの気持ちでぼんやりと、少なからずこの家に来てから幸せだった日を思った。別に母親が出てゆくのは知ったことではなかったが、会社の金の持ち逃げ事件により、マカオの中国人との見合い話がものすごいスピードで具体化していった。

年末に、一度マカオに連れてゆかれていた。恐ろしいことにこのとき、私は逃げられぬよう三日前から納戸に監禁されていたのである。食べ物も飲み物も与えられず、体力のすべてを奪われ、脱水症状で朦朧《もうろう》としているところを成田まで連れてゆかれた。抵抗する気力など残っていなかった。香港《ホンコン》まではどうにかもったが、マカオのホテルに着いたとたん私は倒れ、中国人と会ったのはなんだかやたら豪勢な病院でだった。ぬるりと禿《は》げあがった頭に鋭い目つき、ジャガード織のスーツに趣味の悪い金色のアクセサリーたち。見ためからしてどう考えてもマフィアだったが、そのせいか、意外と紳士だったことに驚いた。

このときは、まだ、逃げれば良いと思っていた。

母親が出て行ったあと、父親の男は私を早々にマカオへ嫁がせようとした。私の身と引き換えに大層なお金が入ってくるのであろうことは想像に難くなかった。しかし中国人は私に高校を卒業させることを望んだ。日本の教育を受けている女でなければ意味がない、と男は言ったそうだ。

初めて自分でお金を稼いだのは、小学校四年生のときだった。あのときは穿《は》いていたパンツを三千円で、見知らぬ男に売った。あれから八年。私はパンツではなくその中身を、得体の知れぬ人に、売り渡す。


学費は前納していたので、私は学校には通えていた。新宿《しんじゆく》で集まる仲間のつながりで、私に惚《ほ》れているらしいタカシという男子がいた。私は喋ったことすら憶えていなかったのだが、その男子が金持ちのボンで、まだ私を好きでいるらしいことが幸いだった。

カリンちゃんを思い出す。否、カリンちゃんではなくその兄のほう。もう名前は忘れてしまったが、彼は貧乏なくせに親の財布から金を抜き、私にこまごましたものを貢いでくれた。タカシの親は元やくざなので、わりと金の持ち出しに関しては厳しい。その代わり、私にバイトを紹介してくれたり、系列の店でただでご飯を食べさせてくれた。

だから私も、「夢を叶えるために悲惨な努力をする少女」を演じた。お金とヒマを持て余す男は老若共にそういう湿っぽい設定にすこぶる弱い。

——夢を叶えるまで、恋愛とかしたくないの。ごめん。

という台詞《せりふ》も、あっさりと受け入れられた。私が男を好きになれる性質なら、もしかしたらタカシと付き合っていたかもしれない。その御し易さは、今まであまり苦労をせず生きてきた人間の証みたいなものだと思った。憧れる。

時給二千円から始めたショークラブのバイトは、現在日給二万円まであがっている。そのお金でダンスレッスンに通い、ボイトレにも通えた。合唱大会だとか、校歌斉唱とか、そういう健全なものとは無縁に生きてきた。だから、カラオケ以外で初めて「気持ちを込めて」歌を歌ったとき身体中が熱くなった。恥ずかしいという気持ちは徐々に薄れ、泣きそうになった。

身体が、溜め込んでいたいろいろなものを、吐き出そうとしたのだと思う。干からびてペラッペラになっていた感情の襞《ひだ》が、水を吸ったように膨《ふく》れあがり、身体の中を満たす。溢《あふ》れる。吐き出したい、表現したいと願う。

――私を見て！　私はここにいる！

という叫びを、どうして真淳ちゃんにだけは、伝えられなかったのだろう。

窓の外では雨が降り始めていた。窓ガラスに、斜めの雨筋がいくつも走る。

「マカオ、暑いからな」

通路側に座っていた父親の男がボソリと言った。

「……」

「悪い人では、ないから」

「……」

「お母さん、戻ってきたら連絡するから」

戻ってこない。それだけは判る。けれどもし私が嫁ぐことによってこの男のところにまた金が舞い込んでくるのだとしたら、もしかしたら、戻ってくるかもしれない。私のことなどすっかり忘れて。

「……あんたさあ、なんで息子をあのままにしたの？」

私があの家を離れるにあたって、小指の先ほどだけだが、ユリカのことが心残りだった。嫁いだら、逃げれば良い。それだけだ。けれどユリカはあの家から出られない。

「さあ……」

くその役にも立たない私だけれど、ユリカの話し相手をすることで、少しくらいは彼の救いにはなっていたと思う。ただの醜い肉の塊《かたまり》だった彼は私と食事を共にしているあいだに少しずつ痩《や》せてゆき、人並みの容姿を取り戻した。ぱつんぱつんではちきれそうだったヘンなコスプレ服も、今はすんなり入るようになった。私がいなくなったら、またブクブク太って醜くなるのだろう。

小さいころ、チョコレートを食べさせてもらえなかった。家が貧乏だったこともあるが、母親は私の容姿を綺麗に保つことだけには異常にこだわっていた。見かけなどどうでも良いとは思うが、見かけが良ければ人はある程度の得はする。現にマカオの中国人は私の容姿を気に入って妻(厳密に言えば愛人)にしたいと申し出てきた。私がもし異性愛者だったら、もしかしてこれは玉の輿《こし》として喜ぶべきできごとだったのかもしれない。

異性愛者だったら、私もユリカももう少し楽に生きられたのかな、と、今更どうにもならないことを思い私は再び窓の外を見た。雨は止まない。

あのときも雨が降っていた。新宿で泣いている真淳ちゃんが男に介抱されているのを見たとき、なんとなく笑ってしまったのを憶えている。ああ、やっぱり。私をあれだけ好きだと言っておきながら、肌を合わせておきながら、縋《すが》るのはその男なのか、と。しかしあのあと、男——奥井《おくい》は、単独で私に会いに来た。驚いたことに一言で言えば「地味」な奥井は、あのチャラ男を絵に描いて忠実に三次元化したようなタカシの友人で、タカシに店の場所を聞いたらしく、客として来たのである。

——あんた、高校生でしょうが。

ショーが終わったあと私は客席に降りて彼のテーブルにつき、言った。本来私はショーのためだけに雇われているので、客席にはつかないのだが。

——君もね。誤解があったと思うから、解いておかなきゃと思って。

奥井の、世の中の全てを諦《あきら》めたような笑顔を、何故《なぜ》か私は、嫌じゃない、と思った。

そしてそのあと彼の口から出た言葉で、納得した。

——俺は白川《しらかわ》に頼まれて彼氏のフリをしてただけ。一年のときからずっと。白川と君のことはずっと前に白川から知らされてるし、これはコミヤとか日吉《ひよし》付属のヤツには絶対に言わないでほしいんだけど、俺、ゲイ、っていうかAセクシャルだから。君が心配するようなことは何もないんだ。

——……。

性欲、というか恋愛そのものに対しての欲がないAセクシャルという人種を初めて見た。なるほど、それでこの人はこんなに植物っぽいのか、と思った。

——白川は俺がゲイだって思い込んでるから言わないで。白川のことは友人として好きだよ。でも恋愛になることは絶対ないから、安心して。

そう言って彼は私に五千円札を差し出した。

——舞台のチケット買うよ。白川とふたりで観に行く。

——え、いいよ別に。

ょ、白川に。

――じゃあなんでフライヤー渡したの。来てほしかったんでしょ、観てほしいんでし

否定することができなかったのは、奥井の言葉が事実だったからだ。

――あんた、社会に出たら出世するタイプだね。でも事実はときとして人を怒らせるよ。

――気をつけます。

私たちは携帯の番号とメールアドレスを交換し、別れた。そして彼らは本当に舞台を観にきた。

そのお芝居の脚本は、頭の悪い私には話の筋がぜんぜん判らない前衛的なものだったけれど、意外と固定のファンはいて、五日間の公演中、客席はほぼ九割埋まっていた。私はとりあえずここと、ここと、ここで踊って、と言われたところで踊った。単独で。

ああ、酒とエロのついでのショーではなく「舞台」を観にきた人の前で踊るって、こういう気分なのか。と、腹の底のほうが熱くなったのを憶えてる。露出の激しいバーレスクの衣装ではなく、白いシフォンのキャミソールドレスはターンするたびに裾《すそ》がひらひらと舞って、永遠に踊っていたいと思った。永遠に、観ていてほしいと思った。

真淳ちゃんが奥井と来たのは最終日だった。奥井は楽屋まで真淳ちゃんを連れてきて、

自分は帰ってしまった。打ちあげの誘いを断り、私は真淳ちゃんとふたりで吉祥寺《きちじょうじ》まで戻り、夜の公園に向かった。

——すっごく、綺麗だった、照乃《あきの》ちゃん。

真淳ちゃんは恥ずかしそうに、私の顔を見あげて言った。

——お姫様みたいだった。

私のお姫様はあなただよ、と、心の中で呟きつつ、私は「ごめんね」と言った。

——なにが？

——私、ずっと疑ってたから。もしかして真淳ちゃん、奥井のところに行くんじゃないかって。

——……なんで奥井の名前知ってるの？

喋ってなかったのかあのボンクラ。舌打ちしたい気持ちを堪《こら》え、私は経緯（井《い》の頭線《かしらせん》で渋谷《しぶや》まであとをつけた話は省いて）を説明した。奥井ったら余計なことを、と真淳ちゃんは素直に舌打ちしていた。そのあと、緊張の解けた私たちの会話は暴露大会になった。

——照乃ちゃんアメリカ行きたいんでしょ。

——なんで知ってるの、誰に聞いたの。

――コミヤタカシ。

――なんでタカシのこと知ってるの！

――奥井に頼んで日吉付属の男子と合コンしたから。コミヤタカシ、ものすごくチャラいね！　あんなチャラい人、肉眼で初めて見たよ私！

真淳ちゃんの正直すぎる感想に私は思わずふき出した。そして同時にモヤっとした。

――……合コン、したの？　なんで？

――照乃ちゃんのこと知りたかったから。あの日だよ、照乃ちゃんがお芝居のチラシくれた日。

そこでアメリカに行くことをタカシから知らされ、真淳ちゃんは泣いたという。胸が痛んだ。しかしそのあと、真淳ちゃんもカリフォルニア州にある大学に進学を希望していると聞かされた。サンフランシスコだったら、女同士のカップルでも堂々としていられると思って、という目をキラキラと輝かせながら発された言葉に、私の身体は鉛を詰め込まれたみたいに重くなった。

卒業後、私は親に売られる。その未来を、真淳ちゃんには絶対に打ち明けることはできないと思った。

だから、私は自分の未来を、卒業が決まるまで黙っていた。追試を受けつつ、補習を終えて卒業できることが決まった日、卒業式から一ヶ月前、真淳ちゃんは自分のことのように喜んだのだった。

——これで一緒に卒業できるね照乃ちゃん、良かったね！

ごめんね、真淳ちゃん。

隣で、父親の男がしきりに私の横顔を見るのが判る。

「……なに？」

私がそちらを見遣ると男は「いや」と不自然に目を逸らす。常々不思議だったのだが、こんなんで社長が務まるのだろうか。否、務まらなかった結果、私が売られる事態になったのだけど、怒りも絶望もなく私はまた窓の外を見る。あと五分で成田に着くというアナウンスが入る。

「お母さん、きっと戻ってくるから」

「別にどうでもいい」

席を立ち、貨物スペースにスーツケースを取りにゆく。二泊三日用の小さな赤いスーツケースがひとつ。これが今の私が持てるすべて。

相手側の経済観念は徹底していて、男のぶんの航空券はない。迎えも香港の空港にしかこない。私はひとりで飛行機に乗ることになる。香港の空港ではアテンダントがつくというが、出発ゲートを抜ければ私は自由の身になる。

このタイミングで、逃げようと思っていた。ひとりになればどうにでもなるだろう。住み込みで働く口でも探して、金を貯《た》めてアメリカに行く。本当は真淳ちゃんと一緒にいたかった。でも今の一文無しの私は、彼女の負担でしかない。彼女の留学の夢さえ、奪ってしまうかもしれない。そんなのは絶対にイヤだった。

――そのはずだったのに。

空港には、相手側から遣わされた迎えがいた。絵に描いたようにマフィアな外見の男がひとり。ミスタヒラタ、と声をかけられた父親の男はそいつに深々とお辞儀をし、私の背を押し出したのだった。

タンキューフォーヤコンシダレイション。シュアー。プリーズテルウェル。アイガリ。短い会話が交わされ、迎えの男の手が肩にかかる。私はここで初めて目の前が物理的に青くなるのを見た。動悸と眩暈《めまい》が止まらず、額と背中には脂汗《あぶらあせ》が滲《にじ》んだ。

――いやだ、いやだ、いやだ、助けて、神様、お願い助けて!!

叫びは声にならず、胸の内側を痛いくらいに打ち付ける。そのとき、どこかで、というかほぼ毎日聞いていた声がどこからか飛んできた。

「お父さん！」

私は青い視界の中、吐き気を堪えて声のしたほうを振り向いた。そこには、フラメンコの衣装のように派手な赤いドレスを纏《まと》い、黄色いロングヘアのカツラを被ったユリカが、西郷隆盛《さいごうたかもり》像のような存在感を撒《ま》き散らしながら仁王立ちしていた。ふたりの男は呆《あっ》気《け》に取られてユリカを見つめる。

「おまえ……なんで」

「どうしてそっちの連れ子なのよ、あたしは娘だって何度も言ったじゃないの、どうして玉の輿に乗るのがあたしじゃないのよ！　あたしのほうが相応《ふさわ》しいわよ、だってその女はあのアバズレの連れ子よ!?」

尋常じゃない剣幕でユリカはまくし立て、言葉が判らない遣いの男はポカンとしてそれを見つめ、父親の男は瀕死《ひんし》の鯉《こい》みたいな顔をして息子を叱《しか》り付けた。

「お、男だろうがおまえ！」

「ひどい、そういうのを差別って言うのよ父親のくせに子どもを差別する気！　しかもあたし、あんたの実の子よね!?　連れ子のほうを贔屓《ひいき》するつもり!?　最低ねあんた！」

私が呆然としている間にユリカはものすごい勢いでこちらに突進してきて、何故か父親の男ではなく遣いの男のほうに摑みかかった。

「ねえ、そうでしょ⁉　あたしのほうが相応しいわよね⁉　あたしを連れて行きなさいよ！　あんなしみったれた家にあたしを残すつもり⁉　冗談じゃないわよ！」

耳を塞《ふさ》ぎたくなるような醜い声でそう叫んでいる間に、彼は私に目配せし、声にならない声で「逃げて」と言った。え、と聞き返す間もなく彼はまた「なんでよずるいわよ！」と喚《わめ》き散らす。

「おまえ、ずっと引きこもってたくせになんで今更」

「別にあたしは引きこもりじゃないわよ！　部屋の外に出るのがめんどくさかっただけよ！　でも部屋にいるのももう飽きたから出てきただけよ文句ある‼」

バナナみたいな色の髪の毛を振り乱して奇声をあげるオカマと、オカマに異国の言葉で詰《なじ》られてなす術《すべ》もないマフィア、という奇妙な図に人々の視線が集中する中、逃げなきゃ、と震える足を踏み出したらそっと手を掴まれ、引かれた。

「こっち」

囁《ささや》く声と、目の前には決意に満ちた大きな黒い瞳。

「……ま」

「黙って」

真淳ちゃんは私の手を強く掴み、一気に走り出した。

白いコートの裾を翻し、真淳ちゃんが、広い空港を駆ける。私の身体は、嘘のように軽くなる。手のひらから伝わる熱が身体を溶かし、足に羽が生えたみたいに、軽く、軽く、空も飛べそうなくらいに。

長い長い出国ゲートの列の先頭のほうに、見たことのある顔が並んでいた。

「早く入れ！」

奥井は真淳ちゃんの手を引き自分の背後に匿うと、私の着ていたコートを無理やり脱がせ、頭の上から手に持っていた自分のコートを被せた。呆然と、何も言えないまま息を切らせている私の鞄を、奥井は勝手に開き、パスポートを取り出した。そして穿いていたデニムのポケットから取り出した一枚の長細い紙と共に握らせた。

「これ、照乃ちゃんのぶんのチケット、チェックインは済んでるから」

「……は？」

「じゃあ、元気で」

「ありがとう奥井、着いたら連絡する」

奥井は笑顔で手を振り、私の着ていたコートを羽織ると背を向けて走り出した。何が、起きたの。

手荷物検査の台に、小さなトートバッグを載せ、金属探知機のゲートをわけも判らずくぐる。私のあとにゲートをくぐった真淳ちゃんが金属検査にひっかかって靴を脱がされベルトを外され、みぐるみはがされるのを見ている間、約二分。

「もう、大丈夫だよ」

そう言って照れくさそうに笑いながらやってきた真淳ちゃんの腕に縋り、私は腰を抜かしてへたり込んだ。

「なんで、どうして、卒業式は」

「一緒にロサンゼルスに行こう、照乃ちゃん。あと三十分で飛行機が出る。早く立って。もしユリカちゃんが負けたらあの怖そうな人が追いかけてくる、だから早く」

真淳ちゃんの小さな手が、私の手を引っ張る。がくがくする脚を立たせ、私はまた、彼女の手に導かれて走る。

まだ空白の多いパスポートの最初のページに「出国」のスタンプが押された。

一ヶ月前のあの日、真淳ちゃんは「どうして」と言って泣いた。

今、私は機内の狭い椅子に座り、「どうして」と言いながら何が起きたのかまだ把握できておらず、涙も出なかった。真淳ちゃんはやっぱり、ただの秀才ではなかった。天才だった。すべてにおいて。

――ユリカちゃんにぜんぶ聞いたの。

荷物を頭上の棚に押し込んだあと、しれっとした顔で真淳ちゃんは言った。

――なんでユリカのこと知ってるの。

――奥井が仲良かったの、セクシャルマイノリティの人たちが集まるインターネットの掲示板の中で、同じコミュニティでお話ししてる仲だったの。プリンセスユリカってハンドルネームの子が、「連れ子が玉の輿であたしが家に残されるってどういうこと」みたいな話をしてて、もしかしたらと思ったら本当にユリカちゃんだったんだって。ごめん、奥井にはぜんぶ相談してたんだ。

――……。

――で、ふたりに協力してもらったの。ねえ知ってた？　ユリカちゃん、小学生のとき柔道やってて、地区大会で優勝したんだってよ？　すごいねえ。

あなたのほうが、よっぽどすごい。しかしユリカも結構すごい。そしてユリカをあのごみためみたいな部屋から連れ出した、奥井の手管が一番すごいと思った。何をしたんだ、まさか惚れさせでもしたか。

ゆるゆると移動していた飛行機が滑走路に入り、離陸の準備を始める。ゴーッ、という激しい風のような音が腹の底に響く。ああ、私、本当に、逃げられるんだ。そう思ったとたん、思い出した。

「私、荷物置いてきた」

「そうだね、でもお金があれば平気じゃない？」

「お金もちょっとしかない」

「そうかー、それは困ったね」

真淳ちゃんはぜんぜん困ってなさそうな顔をして、笑った。そして私の手を摑んでいた手に力をこめた。

「大丈夫、ぜんぶ、ふたりで始めよう。何もなくてもきっと、一緒にいれば平気だから。これから怖いこともあるかもしれないけど、ふたりでいればきっと怖くないから」

こんなに小さな手なのに。こんなに小さな身体なのに。大きな黒い瞳から発せられる希望に似た光は、私たちの未来だけを映す。

今日、私たちを逃がすために、奥井とユリカが助けてくれた。私の夢はタダヨシたちの未来も背負っている。今までは、私たち以外の人がどこかしらで助けてくれていたのだ。けれど逃げ果《おお》せた先には、私たちふたりしかいない。頼れる相手は、お互いだけ。

「……そうかもね」

正直、怖い。ひとりで生きてきたと思っていた私が、少なからず人に助けられて生きてきたことを今このとき、初めて知る。

「そうだよ、大丈夫。ふたりしかいないけど、ぜったいに大丈夫」

しかし真淳ちゃんは、確信に満ちた声できっぱりと断言した。それは魔法みたいに私の心の中から、不安とか恐怖とかの欠片を払拭《ふっしょく》した。

「ありがとう、真淳ちゃん」

「どういたしまして」

天使のような笑顔に、やっと、私の目からは安堵の涙が溢れた。力が抜ける。どしゃぶりの雨の中、飛行機の機体がふわりと浮かびあがる。

数分後、分厚い雨の雲を抜けて、小さな窓の外からは眩《まばゆ》いほどの光が射し、私たちを白く照らした。

11話

——ゆびが、あまい。

——だってさっきまでケーキ作ってたもん。

——太らせようとしないでよ、私踊り子なんだから。

——だって、お祝いだよ。

——……そうだね。

——お祝いなの、私たちの。

美しい唇から指が抜かれる。そしてふたりは互いの柔かな唇を啄《ついば》む。狭いベッドの上にふたりでじゃれあっていたらすぐに、オピウムのボディオイルの匂いがしみついたシーツはくしゃくしゃになった。

──だめだよ、明日踊れなくなったら困るよ？

──私の筋肉を甘く見ないでよ？

かつてやせっぽちの少女だった女の指が、かつて小さな少女だった女の愛しい首筋を撫でる。身体は大きくなった。日本でも、日本を離れてからの数年でもいろいろ、あった。けれど、愛しさも距離も変わらない。

──真淳ちゃん、好き。

──私も好き、照乃ちゃん。

額に、頬に、頤《おとがい》に、くちづけの雨が降る。その雨は甘くて温かくて、果てしなく優しい。雨音の向こうに、女たちは思いを馳《は》せる。

＊＊＊

カリフォルニア州は日本人に厳しかった。バスなどの公共機関の外国語表示は韓国語とスペイン語。中国人街もあるが、日本人のコミュニティはそれほど大きくなく、また排他的で、留学生など一時的な滞在者はあまり歓迎されなかった。

滞在してみて判ることがたくさんあった。世界の中心はアメリカ合衆国である。国民たちもそう信じて疑わない。しかし驚くほど貧富の差が激しく、中には文字の読めない子どももいた。アメリカ合衆国の大学は九月が学期始めである。それまでの約半年、真淳は大学に付随している語学学校に、飲食店とベビーシッターのアルバイトをかけもちしながら通った。シッターをしている先の家庭で頭の回転の良さを見込まれ、二学年の春、そこの主人の取引先の、日本人客を多く抱える企業の総務のような仕事をするようになっていた。時給も、最初の一時間五ドルからだいぶあがった。

照乃は最初の一年、同じく他の国から留学してきている外国人とルームシェアをする小さな戸建の真淳と同じ部屋に住み、英語の勉強をしながらダンスレッスンに通っていた。喋れないから、働けなかった。けれど一年間真淳と、現地でできた友人にみっちりと日常会話を仕込まれ、一年後、飛行機に乗って東側へと単身で向かった。費用はすべて真淳が立て替えた。

一年間、同じ部屋に住んでいた。それが、どれほど幸せな日々だったか。

毎日キスができる。毎日手をつないで隣で眠れる。毎日、おはようとおやすみを言い合える。どちらかが生理前になると些細《ささい》な喧嘩もしたが、それも一時間後には原因を忘れている程度のものだった。

一度だけ、照乃の友達だというタダヨシという男が訪ねてきた。コミヤよりはチャラくなかったが、それでも一般的に見れば充分にチャラい青年だった。しかし三人でご飯を食べたとき、チャラい人というのはそれなりにきちんと真面目で、根っこは悪い人ではないのだな、ということを真淳は学んだ。だいたいアメリカにいれば、ほとんどの人は髪の毛が黒くないし、夏場は水着みたいな格好をして外を歩いている。言動も軽い。それで慣れたのかもしれないけれど。

——良いよな、運命の恋って感じで。

向かい合うタダヨシは真淳と照乃を交互に見て、抑揚《よくよう》のない声で言った。

——あんた相変わらず言葉が薄っぺらいよ。

——悪かったな、これが普通なんだよ。

気を許した友達同士の会話。初めて見る照乃の、外向きの顔。

——真淳ちゃん、よくやったよな本当に。そんなふうにはぜんぜん見えないのに。

——見た目が地味でも行動力のある人はいるんですよ？

——まあ、そうだな。見た目がチャラくても行動力のない俺みたいのもいるもんな。

——そういうことを言ったんじゃないです。

照乃をダンスに目覚めさせたのはタダヨシだった。そのことに真淳は少しだけ嫉妬《しっと》を、しかしその何倍も感謝をした。運命の糸はこじれたままだったけれど、彼がいたおかげで照乃は夢を持ち、真淳と照乃はアメリカに来ることができたのだ。そして、夢を追う照乃の背中を押して、ちゃんと送り出すことができた。

ひとりの部屋で荷造りをしながら、真淳はキラキラと輝きを放つ照乃の笑顔を思い出す。大好きだ。この先、彼女がどんな辛《つら》い境地に立たされようと、絶対に支えようと思う。それだけ好きになれる人に出会わせてくれた誰か、たぶん神様に、真淳は祈る。

＊

ニューヨークは信じられないほどごみごみした街だった。そして信じられないほど熱気に溢れていた。日本料理屋でアルバイトをしてお金を貯め、同じダンススクールに通うゲイの青年とタイムズスクエアに程近い古いアパートメントでルームシェアをし始めて二年と少しが経つ。男と暮らすことを真淳に伝えたときは泣かれたが、奥井みたいな男だよ、と伝えたら、すぐに泣き止んだ。サンキュー奥井。

ニューヨークに移ってから何故か一度、突然奥井が訪ねてきた。その日はレッスンもアルバイトもなく、偶然アパートにいたから良いものの、いなかったらどうするつもりだったのだろう。

——おまえイギリスじゃなかったの？

——おまえって言うなよ、どんだけ口悪いんだよ。

タカシに聞いた、と奥井は重そうなバックパックを床に下ろし、お土産《みやげ》だと言って黄色が美しいたくあんを一本差し出してきた。

——てかマジいられねえんだけど。

——いや美味《おい》しいから食べてみてって。涙出るから。

ルームメイトがチラチラと奥井を見ているのに気付き、照乃はそそくさと彼を自室に入れた。そしてキッチンでたくあんを切り分け、奥井と共にふたりで食べた。驚いたことに本当に涙が出た。

——ね？　ちょっと刺さるでしょ？

——……うるさい黙れ。

タカシやタダヨシとはSNSで連絡を取っていた。オーディションを受けては落ち、また受けては落ち、日本人であることに対し見えない差別を受け、悲しくなって一回だけ彼らに愚痴《ぐち》ったことがある。おそらくそれで、奥井は派遣されたのだろう。たくあんを噛み締めながら涙を拭き、照乃は尋ねた。

——どうよイギリス。

──食い物がマジ不味《まず》い。俺もアメリカにしておけば良かった。

──こっちも似たようなもんだと思うけど。

──おまえイギリス行ったことないからそういうこと言えるんだよ。

──おまえって言うなよロわりーな。

どっちが、と奥井は笑った。

真淳にはこの訪問のことは知らせていないという。彼女は照乃の登録しているSNSには未登録で、ときおり連絡を取るときはスカイプだった。ネットは遠距離恋愛のカップルに優しいしその場では距離を感じさせないが、相手に触れられない、相手の温かさを確かめられないという弊害があるため、真淳はあまり連絡を取りたがらなかった。会いたくなっちゃうから。という理由だった。

夕方、奥井とふたりで近所の安いダイナーに夕飯を食べにゆき、Tkts ブースで適当なチケットを買い、舞台を観に行った。オフブロードウェイの小さな劇場。こんな小さな舞台にも立てない自分が、照乃は悔しかった。オーディションには様々な人が来る。照乃より年下の少年や少女もいる。彼らの名前が呼ばれ、自分の名前が呼ばれなかったときの、あの虚《むな》しさ。

しかしそんな瞬間、生きているな、と思う。与えられた人生を受け流すだけだった子ども時代に比べ、真淳と再会してから自分は思ってもいなかったところまで流された。否、流されたのではなく自力で泳いできた。悔しさだとか悲しさだとか、そんな感情とは無縁だったのに、今はこんなに、夢が叶わないことが悔しい。

——私、コーラスラインだったら自分の人生語れると思うんだよね。

観た演目はコーラスラインではなかったが、照乃は劇場を出たあと、昼間みたいに明るいタイムズスクエアの空を見あげながら呟いた。既にこっちに来てから何度も観ている。

——良いね。新しくAkinoって東洋人の役作れるようになるまで上り詰めなよ。

——そうだね。

奥井は相変わらず植物っぽい笑顔を作り、照乃と同じく空を見つめた。空は飛行機で約六時間の距離のカリフォルニアと、一瞬でつながる。奥井は誰のことを考えているのだろうと思ったが、尋ねることはなかった。

＊

アメリカには同性同士の結婚が認められている州がある。イコール同性愛者に優しい国であるとは限らなかった。日本にいるとき真淳はあまりにも無知だった。ふたりでいられれば世界に怖いものなどないとたかを括《くく》っていた。

照乃が中国人に売られると知ったとき、照乃をどう取り戻すか、奥井に相談した。奥井はそのとき、世界中に存在するセクシャルマイノリティの人間がどのような差別を受けているか、初めて真淳に教えた。

——白川が生きていこうとしているのは、こういう世界なんだよ。

ゲイの青年が警察に撲殺された事件。レズビアンだとカミングアウトをしたら仕事を干されたアーティストたち。日本ではニュースにならない事件が、海外のサイトには数多く記されていた。

——自分だけは大丈夫、なんて考えたらダメだよ。きっとこの被害者たちだってそう思ってたはず。事件の被害者は自分が当事者になるなんて普通思わない。

日本にいたほうがマイノリティ差別的にはナンボかマシだと思う、と奥井は言った。つらい思いをするけど、日本人は攻撃的ではない。死ぬようなことはないと。

奥井はいつも、自分の先を歩き、己のゆくすえを現実的に見つめている。真淳にはそれが歯がゆく思えた。そしていかに自分が漠然とした未来しか把握していないのかを思い知らされる。

──親も友達も何もかも置いて逃げるってことは、もし何か事件に巻き込まれても白川が照乃ちゃんを守らなきゃいけないってことだよ。その重さは判ってる？

判ってる、と頷《うなず》くしかなかった。その後、海外のマイノリティサイトを巡り、どれだけ自分が途方もないことをしようとしているのか、やっと理解したけれどあと戻りはできない、そしてする気もなかった。自分の人生の中で、失ってはいけないたったひとりの人。それが照乃だった。親には泣かれるだろうが、謝罪は大人になったあとでもできる。

アメリカに来てからも、ルームシェアをする子たちやアルバイト先の家族たちには、日本から一緒に来たお友達なの、としか紹介できなかった。部屋の中で毎日キスはできる。夜、抱き合って眠ることもできる。けれど、壁の薄いシェアハウスの中ではそれ以上のことはできなかった。

いつか、何も気にせず街中で手をつなぎ抱き合ってキスをすることができれば。

そのためには自分が同性愛者であろうとなんであろうと、所属する社会において人々から必要とされる人材になるしかなかった。それは照乃も同じ考えでいた。ショービジネスの世界は、通常のデスクワークに比べればまだ同性愛者が多い。しかし照乃には日本人というハンデがある。ビザも学生ビザのままだ。いつでもすげかえの利《き》くただのパフォーマーでいるわけにはいかなかった。

だから、真淳は血を吐く思いで、彼女をニューヨークに送り出した。

国内便の小さな飛行機の中、窓際の座席で、真淳はふたりで逃げるようにして飛行機に飛び乗り、この国まで来たことを思い出す。あれから約五年。ふたりとも二十三歳になった。飛び級して早く卒業するという目論見は外れた。結局四年間をフルに使って、どうにか成績上位で卒業した。院に残れというプロフェッサーの誘いを断り、来月からはこっちの企業で働く。

＊

照乃はバックステージで自分の顔に化粧を施しながら、ドレッサーの鏡の中、キャミソールを纏ったむき出しの腕の付け根あたりに小さな赤い痣《あざ》があるのを見付けた。あまりにもそれは控えめで、見落としてしまうところだった。

――真淳ちゃんたら。

心の縁が、愛しさに溢れる。

卒業式を終えたその足で、真淳は飛行機に乗りニューヨークへやってきた。私たちは会わなくても大丈夫。そう言って、照乃と真淳は本当に三年半、会わなかった。

――卒業できるまで会わない。だから照乃ちゃんはそれまでに必ず夢を叶えて。ロサンゼルスの空港で別れるとき、真淳は言った。今思えば、真淳が飛び級しないでくれて本当に助かった。もし一年早く卒業してしまっていたら、今日のこの姿は見せられなかった。

疲れているだろうに、昨日はスーパーで材料を揃《そろ》えてお祝いのケーキを焼いてくれた。いわゆるプロでない人の「手作りケーキ」を食べるのは、生まれて初めてのことだった。何も問題のない家庭に生まれていればごく普通の、でもちょっと特別な食べ物。でも照乃にとってそれは、これ以上ないほどの特別な食べ物だった。

ねえ、私がどれだけ嬉しかったか、あなたに判る？

私たちのお祝いだ、と、真淳は言った。真淳が卒業したお祝い。三年半ぶりにふたりが再会したお祝い。そして、照乃が初めてステージに立つ、お祝い。

好き、というたった二文字が、人を幸せに導く。

くちづけの雨。唇を重ね、その中に舌を入れ、甘い唾液を飲み下す。あれから何年経ったろう。高校生のときに身体を重ねて以来、初めてのことだった。

服を脱がせれば、背中の真ん中あたりまで伸びた美しい真淳の黒髪が、白い肌の上で乱れる。逆に、腰の下まであった照乃の髪の毛は、少年のようなベリーショートになっていた。ウィッグを被るとき、髪が長いと邪魔になる。脱色して白っぽくなった髪を、真淳は最初惜しんでいたが、それでもむき出しになった白いうなじが人形のように美しいと褒めてくれた。

あのときから、真淳の身体は少しだけ丸みを帯びて女らしくなっていた。白熱灯の橙《だいだい》を帯びた光に浮かぶ微《かす》かな産毛まで愛しい。肩にくちづけ、腕の付け根にくちづけ、露《あらわ》になった胸の赤いところに舌を這《は》わす。くぅん、と寂しがる犬みたいな声が、小さな唇から漏れ出す。

――声、出して良いよ?

――だってルームメイトが。

――ダニー、さっき気を利かせて外に遊びに行ってくれたから。

柔かかった乳首は触れるとすぐに硬く尖り、途端に真淳の呼吸は激しく乱れる。

――やっ、照乃ちゃん。

――可愛いね、真淳ちゃん。

――お願い、もっと触って、会えなかったぶん、いっぱい触って。

そんな可愛いことを言う唇を再び唇で塞《ふさ》ぎ、照乃は真淳の脚の間に腕を伸ばす。まだそれほど触れてもいないのに、上から何かを零《こぼ》したように濡れていた。それは照乃も同じことで、じんじんと疼《うず》いて痛いほどだった。

真淳の脚を左右に押し開く。露になったところにくちづけて、蜜を啜《すす》る。濡れて光る花弁を舐《ねぶ》り、硬い蕾を啄む。

——やあぁぁっ。

真淳は高く声をあげ腰を浮かせて震えた。舌を這わせ唇をすぼめて啜りあげ、愛しい女の鳴き声を聞く。

——照乃ちゃん、照乃ちゃん。

——なあに、真淳ちゃん。

——お願い、指、入れて？

——え？

思わず照乃は顔をあげ、真淳の顔を見た。真淳は頬を赤く上気させ、潤んだ瞳で懇願する。

——ずっと、ずっと待ってたの。ずっとほしかったの。会えないあいだ、ずっと。

——でも、きっと痛いよ？

——痛くても良いの、お願い。

真淳のその顔が、声が、愛しくて可愛くて、照乃は身体を起こしてまた額から頬からくちづけの雨を降らせた。

――判った。我慢してね。

そう言って照乃は唇を塞ぐと、自分の爪が短く切られていることを横目で確認したあと、真淳の脚のあいだに中指を添えた。

＊

自分でも聞いたことのない、あられもない声が出た。本当は開いちゃいけないものを、無理やりこじ開けたような痛みが身体中を走る。

根元まで、照乃の指が埋まる。初めて異物を受け入れるそこは、狭くて熱くて、ともすれば指を押し出そうと抗うが、反面、パズルの最後のピースがとうとう埋まった、と感じ、何故か両の目から涙が零れた。

――痛い？

――平気、大丈夫だから。嬉しいの、きっと。

照乃が目尻から流れ落ちる真淳の涙を唇で食《は》み、動かすよ、と耳元で囁く。指が、何かを探すようにゆっくりと身体の中で蠢《うごめ》き始める。痛い、痛い、でもこれは照乃ちゃんの指、ずっとほしかった照乃ちゃんの指。

ぐちゃぐちゃという音が聞こえ始めたころ、突如痛みは遠のき、むず痒《がゆ》いような快感が泉水のように湧き出てきた。

——あ、あ、ああああああっ。

——どうしたの。

——や、やめないで、とめないで、おかしくなる。

ずっと、待っていた。高校生のとき、擦り合わせ達した快感は本物だった。けれどそのあと、言いようのない寂しさを感じたのも事実だ。女の身体には入れるべきものが付いてない。しかし女の身体は、入れるべきものを知らぬ間にほしがる。最初は恥ずべきことだと考えていた。ないものを求めるのは罪だと。けれどそれは女の身体の本能で、パートナーなのだからちゃんと求めろ、と、アメリカに来てから唯一知り合うことのできたレズビアンの女に言われた。

女には付いてないけど指がある、あんな無骨で意思を持たないただの棒なんかより、女の指のほうがはるかに繊細で深く満たしてくれる、と彼女は悪戯《いたずら》っぽく言った。

今、真淳は満たされる。照乃の指は真淳の身体の中を抉《えぐ》り、より深くまで入り込もうとする。

——気持ち良い？

——ああ、うん、ずっとこうしててほしい。

——それは私の腕が疲れちゃうかなあ。

そう言って照乃は身体をずらし、真淳の脚のあいだに顔を埋めると、再びそこにくちづけた。

——やっ！

痛いくらいに尖った突起を舐められる。唇に啄まれる。強く吸われる。身体の中を擦られているのと相俟って、気持ちよすぎて真淳はシーツの端を握り締めて高く呻《うめ》いた。

照乃はもう片方の手を真淳の胸のほうまで伸ばし、赤い突起を指先で擦り、つまんだ。

——ああ、だめ、照乃ちゃん。

——だめじゃないでしょ。

——だ、だめ、いっちゃうよ。

——いいよ、おいで。

照乃は真淳の言葉に、いっそう激しく舌と指を動かした。細い指は奥を突き生温かな舌は溢れてきた蜜を音を立てて吸う。

は、あ、と掠れた声が漏れた途端、真淳の身体は打ちつけられたように大きく痙攣《けいれん》した。悲鳴のような声と共に、ベッドのスプリングが音を立てて軋む。

それは一瞬のことだったのに、永遠みたいに思えた。

シロツメクサの花畑が見える。今思えばあれはただの空き地に雑草が群生しているだけの狭い場所だった。でも真淳にとっては、秘密の楽園だった。花冠を被ってふたりはお姫様になった。一輪の花で作った指輪の交換もした。あのとき、あの世界にはふたりしかいなかった。

再び涙が溢れて、真淳は両手で顔を覆う。快楽の余韻の海に溺《おぼ》れながら、枯れない指輪を交換したいと思った。今、この世界には様々な人がいる。その中でふたりで手をつないで生きてゆくために。

——泣かないで。

——ごめん、嬉しくて。

照乃は胸の中に真淳の頭を抱きしめた。柔かな胸に包まれ、真淳は彼女の背中に腕を回す。

しばらくすると、規則正しい寝息が聞こえてきた。

——照乃ちゃん。

返事はない。

――照乃ちゃん、まだ私、照乃ちゃんに気持ち良いことしてないよ。

それでも、返事はなかった。背中に回していた腕を外すと、照乃は小さく呻いてごろんと体勢を変えて仰向けになった。胸も腹も丸出しで。

もう、照乃ちゃんてば。

薄暗い部屋の中、照乃の身体は白く光る。無防備な子どもみたいな寝顔がとってもなく愛しい。明日は初舞台の日だ。風邪をひくことがないよう、真淳は床でくちゃくちゃになっていたブランケットを拾いあげ、照乃の身体にかけた。しかしその前に、寝てしまったことに対しての小さな抗議をしようと、白く柔かな腕の付け根のあたりにくちづけ、痕が残るよう少しだけ強く吸った。

＊

オフブロードウェイで演じられたパフォーマンスでも、人を集め評価を得た演目はオンブロードウェイにゆける。元はコーラスラインもオフブロードウェイのミュージカルだった。劇場内にヘリが飛んだりゴンドラが流れてきたりする他の演目に比べるとたしかにあれだけ、果てしなく地味だ。

大切な大切な、初日。オフブロードウェイではそこそこ名の売れた演出家の書き下ろした新作ミュージカルで、ゲネプロの入りはまずまずだったが、ソワレの本公演は満席だった。

フットライトとスポットライトに照らされて照乃は群舞のひとりとして出演した。群舞でも前列のセンターという位置を勝ち取った。ここが始まりだ。ショービジネスの世界で、二十三歳の照乃はもうそれほど若くない。死に物狂いで努力しなければ、この先はないだろう。

それでも、幕が下りたとき、やりきったという手応えはあった。出演者たちは互いに笑顔でハグをし合い、千秋楽まで無事に成し遂げられるよう神に祈る。

飲みに行こうという誘いを断り、達成感とライトの熱気の名残を皮膚《ひふ》に感じながら、ふわふわした足取りで楽屋を出た。夏の熱気と排気ガスのにおいと共に、真淳が抱きついてきた。

「おめでとう照乃ちゃん！」

そのうしろには、花束を手にした奥井と、何故か男の姿のユリカがいた。

「え、なんで？」

状況が把握できず、照乃は非常に間抜けな声を出した。

「ユリカちゃんは私が呼んだの。奥井は勝手に来たの」

「え、なにあんた私に惚れてるの？」

「え、そうなの奥井？　じゃあ帰ってくれる？」

「ひでえなあ。コミヤに頼まれたんだよ。俺も興味あったし」

ユリカは相変わらずブサイクだったが、痩せて人並みの体型になり、普通の男性に見えた。そしてもじもじしながら奥井のほうばかり見ている。やっぱり惚れさせたのか。

奥井、おとなしそうな顔してお主なかなかやりおるな。

照乃ちゃんが一番綺麗だった、と興奮冷めやらぬ顔をして真淳は言った。何度も何度もおめでとうと言ってくれた。これに甘えるわけにはいかない、ここはまだスタート地点で、しかもマラソンで言えば一番うしろのほうからのスタートだ。

ありがとう、と照乃は答え、昨晩存分に愛した可愛い人の身体を抱きしめた。

「待っててくれてありがとう。ご飯食べに行こうか」

「うん、でもその前に教会に行こう」

「……は？」

一昨年からニューヨークでも同性婚が認められてるんだよ、と奥井は言った。

「いや、知ってるけど」

「結婚しよう、照乃ちゃん」

ご飯食べよう、照乃ちゃん。という台詞と聞き間違えたのかと思った。

「そんな、いきなり」

「いきなりじゃないよ。アメリカに来る前からずっと考えてた。でもあのときはカリフォルニア州で籍を入れられることしか知らなかったの。でも一昨年からこの州でも認められてるって、私たちに対する神様のプレゼントだと思うの。だから今、この街で、最高に幸せなときに照乃ちゃんと永遠を誓いたいの」

めちゃくちゃだ。しかしめちゃくちゃなことをしつつ、真淳は照乃をここまで導いてきた。

「もしかして、したくない？」

「ううん、したい」

不安そうに顔を覗《のぞ》き込む真淳に、反射的にそう答えていた。したい、とっても。神様がもし本当にいるのなら、この愛しい人に出会わせてくれた奇跡に感謝もしたい。

「じゃあ、行こう」

真淳が照乃の手を取る。あのときと同じように。

「そんならあたしと奥井君が保証人になってあげるわよ」

「あ、あんた男に戻ったわけじゃないんだ」

「パスポートのせいよパスポート、性別が男だから写真が女の格好だと困るでしょ」

「いや、ていうか、アメリカの婚姻届に保証人の欄はあるの？」

「知らないわよ、もしなかったらあたしと奥井君の婚姻届も一緒に出せば良いんじゃないの？」

「勘弁してください」

「あ、なによ奥井君ってば、やっぱり照乃のことが好きなのね」

「だから違うって」

ふたりのやりとりに、真淳が声をあげて笑う。

足早に歩けば誰かにぶつかる、人でごったがえすタイムズスクエアの夜、ビルボードが五月蠅いほど鮮やかな光を放つ。その中に一際きらびやかに輝く、聖母の名を持つ世界一有名なシンガーの巨大ディスプレイがあるのを見付け、照乃はかつて彼女がこの地で誓った言葉、「私はこの世界で神よりも有名になる」をふと思い出した。

どんな気持ちで、彼女はこの地に立ち、空を見あげたのだろう。

——ねえ先輩。私も今日、あなたと同じ街でダンサーとしてデビューしたの。

照乃は愛しい人の手を握り直す。彼女も力強く握り返してくれる。数時間後には私たちは、神様の下で永遠を誓っている。この先もずっと一緒に生きてゆくために。

——ねえ先輩。私はこの世界で、神よりも、誰よりも、幸せになるわ。

本書はフィクションです。登場する人物・団体等は実在するものとは関係がありません。

本書は、二〇一三年四月に一迅社より単行本として刊行された作品を文庫化したものです。

著者略歴　1976年生，作家　著書『官能と少女』（早川書房刊）『花宵道中』『雨の塔』『群青』『太陽の庭』『春狂い』『校閲ガール』『喉の奥なら傷ついてもばれない』他多数

HM=Hayakawa Mystery
SF=Science Fiction
JA=Japanese Author
NV=Novel
NF=Nonfiction
FT=Fantasy

あまいゆびさき

〈JA1249〉

二〇一六年十月　十　日　印刷
二〇一六年十月十五日　発行
（定価はカバーに表示してあります）

著　者　宮《みや》木《ぎ》あや子《こ》
発行者　早川　浩
印刷者　大柴正明
発行所　株式会社　早川書房
郵便番号　一〇一 - 〇〇四六
東京都千代田区神田多町二ノ二
電話　〇三 - 三二五二 - 三一一一（大代表）
振替　〇〇一六〇 - 三 - 四七七九九
http://www.hayakawa-online.co.jp
乱丁・落丁本は小社制作部宛お送り下さい。
送料小社負担にてお取りかえいたします。

印刷・株式会社亨有堂印刷所　製本・株式会社フォーネット社

ISBN978-4-15-031249-7 C0193

本書は活字が大きく読みやすい〈トールサイズ〉です。